再见，小青春

GOODBYE, MY
YOUTH

陌安凉
MOANLIANG
著

天津出版传媒集团
天津人民出版社

图书在版编目（ＣＩＰ）数据

再见，小青春 / 陌安凉著. -- 天津：
天津人民出版社, 2015.6（2020.3重印）
ISBN 978-7-201-09418-2-01

Ⅰ.①再… Ⅱ.①陌… Ⅲ.①长篇小说－中国－当代
Ⅳ.①I247.5

中国版本图书馆CIP数据核字(2015)第128571号

再见，小青春
ZAIJIAN,XIAO QINGCHUN
陌安凉 著

出　　版	天津人民出版社
出 版 人	刘　庆
地　　址	天津市和平区西康路35号康岳大厦
邮政编码	300051
邮购电话	（022）23332469
网　　址	http://www.tjrmcbs.com
电子信箱	reader@tjrmcbs.com
责任编辑	玮丽斯
装帧设计	齐晓婷
制版印刷	三河市华东印刷有限公司印刷
经　　销	新华书店
开　　本	660毫米×960毫米　1/16
印　　张	16
字　　数	142千字
版权印次	2015年6月第1版　2020年3月第2次印刷
定　　价	42.80元

目录
C O N T E N T S

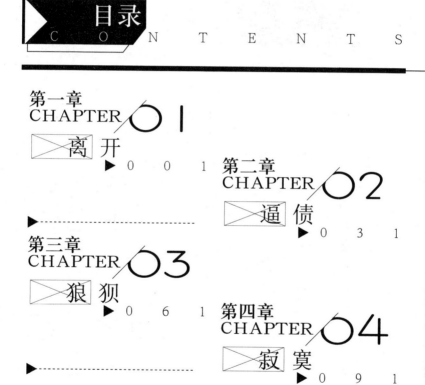

目录
C O N T E N T S

第一章

CHAPTER 01 ▶

离开

再见，小青春
GOODBYE, MY

◆

韩国，首尔。

01

睁开眼的时候，早晨的阳光已经如碎金一般洒入房间，我洗漱完走到餐桌旁，才发现我妈不在。

我朦胧的意识陡然清醒，妈一直是个生活很有规律的人，联想到她这几天的异常，我的心突然慌乱起来，求证般跑进她的房间，果然，她的东西都不见了。

我呆立当场，我知道她在外面早就有了别人，可是没想到她会有勇气离开，更没想到她会只字不留。

妈妈，那个一直和我相依为命的女人终于还是离开了我的生活。

就在我努力在房间里翻找，想找出蛛丝马迹来证明妈妈还是在乎我这个女儿时，苏之行回来了——在外面折腾一夜之后，大白天的回家休息。

苏之行，我的父亲，在赌了一夜之后依然衣冠楚楚。他一直爱惜自己的脸皮，即使输到倾家荡产，他都依然保持着自己的翩翩风度。他淡淡地笑着，一脸的平静，看得出来昨晚他的运气不错，不然今天等待我的肯定会是辱骂和责打。

他的笑让我心底发毛，但不可否认，任凭他将眼睛睁得多大都无法遮挡他眼底的疲惫。

"你妈呢？"他看到干净的餐桌之后，神色中多了几分不悦。

"走了。"我竭力掩饰住自己想跑过去撕碎他的冲动，面无表情地说道。

"哦。"苏之行漫不经心地应了一声，然后躺到沙发上，闭上了眼睛，几分钟的时间就已经陷入酣睡。

我忍不住走到沙发边，高声喊道："苏之行，我妈走了！"

苏之行显然有些不悦，不知道是因为我喊他的名字，还是因为我打扰了他的好梦，但他只含混不清地说了句话，然后翻身继续睡。

我转身拿起了茶几上的杯子，里面还剩半杯水，是我妈昨天喝剩下的，我猛地把水泼到苏之行的脸上，愤恨地盯着他。

"苏浅，你皮痒了？"苏之行终于醒了，怒气冲冲地看着我，显然心情极度不好。

"爸爸，我刚才和你说我妈走了，跟别的男人走了。"我心底的绝望慢慢泛起。什么时候开始，那个和他在一起十八年，结婚十三载

的女人已经这样可有可无了？

"我知道了。"苏之行眼底闪过一抹失落，随即恢复正常，然后，他闭上眼睛继续睡觉。

我愣了很久，我没想到他的反应会这样平淡，我几乎不敢相信这是真的。

"苏之行，你是个男人！"看他无动于衷，我再也控制不住心底的绝望，歇斯底里地喊道，希望能唤醒这个男人的自尊，可是他依然睡着，显然再次进入了梦乡。

在苏之行回来之前，我心底还有一丝希冀，希望他能挽回妈妈，可是现在看来，妈妈根本没有办法和他的麻将牌相比。

看着苏之行的睡颜，我莫名地烦躁，控制不住地将茶几上的茶杯扔向苏之行，我不知道为什么这样做，更不知道将他弄醒之后要做什么，我只是不想让他就这样睡着了。

凭什么我失落伤心，他却可以这样无动于衷？

苏之行被玻璃杯砸醒了，他猛地起身，冲到我的面前，隐忍着怒火说了一句："愿意待在这个家，就老老实实待着；不愿意待着，就跟你那不要脸的妈妈一起滚！"

"苏之行，你到现在都搞不清楚吗？不是你让我妈离开了，是她不要你了，不要我们这个家了！"我努力地提醒苏之行认清现实，可是刚说完,我的泪水就再也控制不住地流下来。

因为我的话,苏之行突然变成了泄了气的皮球,他颓废地坐到沙发上,不说话,也不继续睡觉。

"爸爸,你不能再赌了,我妈就是受不了你赌博才离开的。"见苏之行没了刚才的激动,我心底的期待隐隐发芽,说话的声音不由得变轻了。

"和我有什么关系,当年是你妈找的我,不然我现在才不会这么惨。我前妻现在可是安建邦的妻子。安建邦,你知道吗?咱们这个城市最大的房地产开发商,我儿子现在是他的儿子……"每次说到自己的前妻和儿子,苏之行都很骄傲,好像改嫁的那个人不是她的前妻而是他自己。

"爸爸,她嫁给谁,和你我都没有任何关系,麻烦你不要异想天开了,追回我妈妈,咱们好好过日子才是正经。"我终于忍受不了他喋喋不休的炫耀,打断了他的话。

"她愿意走就走吧,我乐得轻松自在。"

苏之行的想法显然与我不同,虽然他嗜赌,妈妈懦弱,但我还是想要这个家,妈妈如果不在了,那这个家也就散了。

"如果没有她管着你,你早就饿死了,你现在怎么这么不可理喻!"

"没她管着更好，你放心，没她，咱们爷俩照样过好日子，咱们吃香的喝辣的，让她后悔去吧……"苏之行又开始喋喋不休，他那副破罐破摔的样子让我心口一阵阵发堵。

"爸爸。"我忍不住再次打断了他的话，心底却已经绝望，他是绝对不会去找回我妈妈了。

苏之行不再说话，继续躺倒在沙发上，跷着二郎腿，显然妈妈的逃离他根本没放在心上。

"爸爸，我妈跟别的男人跑了，你就真咽得下这口气？"我试探着问，想激起他心头的怒火。

可是我显然低估了这个男人恬不知耻的程度，他转过脸，幽幽地看着我说："都四十岁的人了还有人喜欢她，说明我当时看人的眼光不差。"

我一口气堵在了心口，不敢再去看苏之行得意的脸，我怕会忍不住，将房间里所有东西都砸向他那张英俊的脸。

"苏浅，不是爸爸吹牛呀，爸爸年轻的时候可是远近闻名的美男子，当时喜欢我的姑娘都排着队呢，就连安建邦的妻子都看上了我，哭着喊着要嫁给我，还给我生了个儿子，就是安建邦现在的儿子，叫安哲，你认识吧？他长得很帅，有几分他爸爸我当年的风采……"苏之行好像沉醉在当年之中，神色中全是满足，每次说到这座城市的首富安建邦的妻子是自己的前妻时，他都异常兴奋。

"安建邦能给你前妻和儿子好的生活，可你能给我和妈妈什么？"我说话的时候忍不住扫了一眼这破败简陋的房子，哀伤几乎将我席卷。

苏之行扫了我一眼，显然很不满意我打断他说话，他看着我，很久之后才说了一句："我会发财的，昨天夜里我赚了一千多块。"

说到自己赚了一千多块钱，他的神色更加兴奋，说话的时候手舞足蹈，看向我的时候都多了几分笑意。

只是他只说自己昨天夜里赚的一千多块，却不提自己前天夜里输掉的一千多块，大前天夜里输掉的三千多块，更不提昨天夜里跟人走了的妻子，他的眼里只剩下赌博，即使是让他引以为傲的前妻和儿子都不如赌博重要。

我看着眼前的男人，心底一直压抑的绝望瞬间变得如坚冰一般，让我连呼吸都感觉到了冷意。我再也控制不住心头的怒火，高声喊道："赌赌赌！这个家都让你赌没了，你还要再赌下去吗？"

苏之行脸色依然平淡。也是，这样的话我和妈妈都和他说过好多次，可是每次他都像这样满不在乎。

"你就不能争点气，戒了赌？你总是这个样子，我真的不知道除了赌你还能做点什么。"我强忍着怒火劝他，带着万分之一的希望，

希望他能浪子回头。

"昨天夜里我赚了一千多块。"苏之行好像没听到我说话，他还沉浸在昨天赢钱的快乐中无法自拔。

"你除了赌，还能干什么？"我不由得大声喊道，即使我知道再大的声音都无法让他浪子回头。

"其实我追女人也在行，如果你想再要个妈妈，我可以成全。"刚才还一脸懒散的苏之行神色中带着几分得意。

"苏之行，这个世界上最不要脸的人就是你了。"他的话刺激到了我，让我再也伪装不了平静，"苏之行，你还要不要脸？"

"不要脸的是你那个妈，是她跟着别人跑了，不要你了，你倒来责怪我，我为这个家付出了多少，你不知道吗？"苏之行好像没察觉到我的怒火，依然慢悠悠地说话，说到最后话语中竟然全是委屈。

"苏之行，这样没脸没皮的话你也说得出来，你为这个家真是做了太大的贡献，拜托你看看这个家里有什么？"我走到苏之行面前，指着家里破烂的家具尖声质问。

这么多年一直都是我妈在维持着这个家，苏之行做得最多的是将她刚刚添置的家具卖了，是将她辛苦攒的钱用一夜甚至几个小时的时间输光。这么多年，苏之行早已成了这个家最大的拖累，可他丝毫不觉。

"不管这个家有什么，都是我赚来的，你一个只花不赚的，有什么资格说我？"一开始，苏之行还没有这样的理直气壮，但是说到我，他终于有勇气抬起头，神色中全是厌弃。

我忍着没说出口的话却被苏之行说了出来，原来不过是我这个只花不赚的和他这个拖累相互厌弃，只是我还有自知之明，他却早就不知道自己做过什么。

"我是没资格说你，可如果不是你，我妈不会走，这个家也不会是现在这个样子。苏之行，你别以为是我爸爸就有资格说我，你没有！"我歇斯底里地喊，希望所有人都明白，我妈的离开只因为苏之行，不是我，是苏之行让她看不到生活的希望，感受不到生活的幸福，所以她才离开。

苏之行不说话，只是眸子里带着危险的光，幽幽地打量着我，好像要将我看穿。

苏之行的沉默给了我勇气，我继续指责。我告诉他，他是这个世界上最恬不知耻的人，妻子跟着别人跑了，还兀自得意，每天只知道赌博，他这德行连街边的乞丐都不如。

我口不择言，好像只有这样才能发泄心中的憋闷，我张牙舞爪地对着苏之行控诉，希望他能在这一刻清醒，结束他荒唐颓废的生活。

可是苏之行没有醒悟，他神色依然平淡，他好像根本不在乎这激

烈的言语，他只是看着我，猛地抬起手来，对着我的脸"啪"的就是一巴掌。

火热的疼痛从脸上传来，我摸着被打的脸，泪水再也忍不住地流了出来。

"苏之行，如果我是你，我就去打那个抢走妻子的男人，我就揍自己一顿，因为疼了才知道自己应该是个男人！"我恶狠狠地对苏之行说。我知道他对那个带走我母亲的男人无能为力，我更清楚他不舍得让自己受丁点委屈。

"苏浅，我是不是男人，我要不要脸，你没资格说，你是我的女儿，你得靠我养活。"苏之行重新坐到沙发上，不屑地说。

"苏之行，如果可以选择，我死都不会选择你。"我摸着被打得发烫的脸，含泪说道。

"那就滚出这个家。"苏之行不疾不徐地说，说出的话却如刀子一样插进了我的心口，让我连呼吸都觉得疼痛。

我站在苏之行的面前，想说话，却已经无话可说。

苏之行看着我，神色依然是淡淡的，只是眼中渐渐升起几分嘲讽，看向我——他的女儿。

"那么有骨气，怎么不走呀？"他说话的时候，嘴角是带着笑的，只是那笑容在我看来，如寒冬里的风，吹散了我心底对他最后的情意。

　　"好，我走，我走！"我咬着牙喊完，转身就走。走到门口的时候，我还是忍不住转身，看向苏之行。他好像根本不在意我的愤怒和伤心，重新躺到沙发上继续睡觉。

　　我满怀绝望，离开了这父不父、子不子的家，心底没有丝毫眷恋，只是脸上的痛意依然不时传来。在冬天的寒风中，我忍不住泪流满面。

　　这就是我，敏感，嚣张，目无尊长，如果可以选择，我愿意和那个被我称之为父亲的人永远地一刀两断。因为在他面前，不管怎样隐忍，我都隐藏不住心底的刀锋，我会控制不住地用言语去刺激他，然后他也会毫不留情地打击我。

　　我更清楚，在我生下来的那一刻，这就是我的宿命，因为我没有办法选择自己的父母，所以我只能在与苏之行一次又一次的交锋中变得愈发嚣张，愈发不像他的女儿。

　　我一遍遍地告诉自己，我这样，全是我的父亲逼的，逼得我和之前那个乖巧的女孩背道而驰，逼得我只能靠张牙舞爪来宣泄心底的怨恨。

02

脸上的红肿没有办法消除，我只能顶着红肿的脸赶到学校，我一直是好学生的表率，从不旷课。

赶到学校的时候已经迟到了，我尴尬地站在教室门口，不知道要怎么解释迟到原因。

"怎么了，身体不舒服还是……"讲台上正准备上课的老师关切地看着门口气喘吁吁的我。

我低头，带着歉意说："是的，身体有点不舒服。"

"如果不舒服让同学请个假就可以了，不用坚持来的，快点进来吧。"老师或许是看到了我红红的脸颊，说话的时候带着怜惜。

因为脸红肿着，我是低着头走进教室的，但我还是感受到了周围人的善意。我努力藏起心头的悲伤，将最灿烂的笑容展现给他们。

我走到自己的座位旁坐下，开始听老师讲课，却总觉得有人盯着我看。我环顾四周，迎上了庄辰关切的目光，那目光灼灼如火，让我心底突然生出阵阵慌乱。我赶紧低头，遮挡自己红肿的脸，却不想庄辰写好的字条已经被传到了我的桌子上。

"哪里不舒服？发烧还是……"庄辰的字如他的人一样干净随和，看着就让人心安。

只是我无法对庄辰坦诚，我一直不想让周围的人知道我背后有着怎样不堪的家庭。所以，我在纸上写下"头疼"两个字，然后继续听课，虽然早因为庄辰而心猿意马。

在接到我回复的字条之后，庄辰脸上的关切更盛，他看着我，轻轻地摇摇头，然后在纸上写了几个字，再次将字条传到我的手上。

"发烧？熬夜学习了？"

七个字，两个问号，却怎么都藏不住浓浓的关心。我看向庄辰，他满脸期待地看着我，眼中满是温柔。

我看着他的脸，不由得愣住。我该怎么回答？撒了一个谎就要用另外的谎去遮掩，这样下去我势必会陷入谎言的怪圈，可是不回答，我不敢想等待我的是庄辰怎样的失望。

我只好在纸上写下"快好了"。我不希望他为我担忧，也不愿意告诉他真相。

但是我的回答显然让庄辰不放心，在老师讲课的间隙，他依然会转头看我，神色中的关心怎藏都藏不住，我只能故作不知。

下课的时候我低头坐在座位上，等教室的人走得差不多了才起身准备离开，却不想庄辰出现在我身后。

"你的脸怎么了？"他盯着我隐隐红肿的脸。

我有些手足无措地看着他："我……有点发烧，脸红是正常的。"

我努力用笑容遮挡住神色中的慌乱。

"苏浅，你只有左边脸是红的，还有些肿。"庄辰不相信我的话。

我低头，不敢看庄辰探究的脸。面对他直白又执拗的关心，我只能选择沉默，可是等我抬起头，迎上我的依然是他如水的眸子。

我有些语无伦次，却还是找到了一个不算高明的理由。我说，昨天晚上不小心撞到墙上了，所以脸有点肿。

庄辰又连声问了很多问题，我只能硬着头皮解释。直到他叹口气不问了，我才不由得松了一口气。

用最蹩脚的借口糊弄了庄辰，但当我面对真真时，却毫不遮掩地将实情倾诉出来。

"你家的墙是手掌形状的？"她听完我糊弄庄辰的借口，忍不住翻白眼。

"你爸打你了？"虽然是疑问的语气，但她的表情相当肯定。

"你说还有谁？"我反问，语气有点咬牙切齿。

"这次是为了什么？"

"因为我骂他。"我有些无奈地回答她。

真真是我最好的朋友，我不想在她面前隐瞒，我需要一个人听我倾诉。

"又赌输了？"真真自然知道苏之行心情不好之后就会骂人，偶尔也会动手，对这个原因她也已经见怪不怪，只是之前苏之行赌输了打的是我的妈妈，这次换我罢了。

"不是，赢了，据说赚了一千多块。"说完，我才意识到自己话语中的嘲讽。在真真面前，我实在伪装不出对苏之行的敬重。

"原来打你妈是因为输钱心情不好，打你是为了庆祝呀。"真真见我依然面无表情，不由得总结道。她听得最多的就是苏之行因为输钱打我妈，今天打了我还赢了钱，这让她无法不将二者联系在一起。

"打我是因为我妈走了。"我只能提醒她，让她意识到我的脸现在还肿着，她最应该做的不是揶揄苏之行的行为，而是应该关心下我。

"你妈……走了？和那个男人？"真真听了我的话，果然收起了随意的笑容，有些难以置信地看着我。

"嗯，所以以后挨苏之行的打这事，怕是要我担起来了。"我嘲讽地对真真说。

我的话刚说完，真真就握住了我的手，她看着我安慰道："没事，你还有我，不行的话你住我那里，大不了我养你。"

真真说话的时候还拍了下自己的胸脯，她豪气冲天的样子让我感动。

我不由得握紧她的手说："其实我不愿意承认，我妈离开是件好事。"

真真叹了口气，伸出另一只手拍了下我的肩膀，说："阿姨会幸福的。"

是的，妈妈会幸福，只要离开了苏之行，她一定会获得自己的幸福。

见我神色黯然，真真不再提这些事，转而说起学校里的新闻，只是她刚一提及，我的脸色就越来越差。

"你说什么？刘美妍救人的时候和你在一起？"真真几乎不敢相信自己的耳朵，她看着我，神色激动。

"苏浅，你怎么没去救人？你不知道吧，刘美妍救的那个孩子的家长是校董，现在学校要开表彰大会表扬刘美妍，她还有可能获得保送研究生的名额呢。"真真的声音里全是惋惜，好像我错过了天大的好事。

表彰大会？保送？我几乎不敢相信自己的耳朵，这一切来得太快，我有些不知道怎么应对。

见我神色恍惚，真真不由得攥紧了我的手，恨铁不成钢地说："你呀，天上掉馅饼都接不到呀，你怎么就不救人呢？苏浅呀，你又不是冷血动物，怎么就白白错失了这个好机会呢。"真真一边说话一边摇头，神色中的失望和遗憾将我包围。

我看着她说："真真，我也参与救人了，而且跳下河救人的是我，刘美妍连水都没下。"

真真睁大了眼睛，看了我半晌都没反应过来。她看着我，郑重地问："到底怎么回事？你给我说清楚。"

"昨天下午我和刘美妍去买元旦晚会要用的东西，路过莫愁河河边的时候，见到两个孩子落水，刘美妍说自己不会游泳，我就跳下去把那两个孩子救了上来，因为市场五点关门，所以刘美妍留下照顾那两个孩子，我先去买东西了。我想着今天来了问下刘美妍后来的情况，这还没来得及问呢，你就告诉我，刘美妍是见义勇为的英雄。"

我认真说完昨天的情况，真真的脸上已经全是怒色，她看着我，气愤地喊道："刘美妍太不要脸了！"

"她说就她自己救了两个孩子，你的名字她可是连提都没提。"真真见我一脸疑惑，赶紧解释。

我以为她只是贪慕虚荣说是我们两个人救了人，却忘了人一旦无耻，就没了下限，她竟然恬不知耻到这个地步！

"苏浅，这件事情你找她说清楚，不然……"作为我的好友，真真很坚定地站在了我这边，希望我的付出得到回报，只是，很多不明真相的人现在却已经将刘美妍当成了英雄。

在我们谈论刘美妍的时候，我们餐桌左边的那群人也正在对这件事议论纷纷。

"没想到刘美妍那么弱小的姑娘，竟然直接跳进了莫愁河，真是勇气可嘉。"

"可不是，以前还真没看出来。"

"我听说刘美妍平常也很乐于助人。"

……

赞美刘美妍的话语不断袭入我的耳朵，我对着钱真真无奈地苦笑。人啊，永远都是这样，跟红踩白，如果外面传言刘美妍是个坏人，那他们今天谈论的主角依然会是她，只是他们谈论的内容会变成刘美妍劣迹斑斑。

我安静地听他们说，却不想真真毫不淡定地冲到那桌人面前，大声地说："救人的不是刘美妍，是我的朋友苏浅！"

只是真真的话他们并不相信，甚至有人看了我一眼，轻蔑地说："想出名想疯了吗，这样的事情都想冒名顶替。"

他的话语和神色都是不屑的，那不屑让我心头的怨愤更重。我觉得是时候找刘美妍说清楚了，或者说是时候让刘美妍说出事情的真相了。

真真见我不说话起身就走，赶紧追了出来，高声地对我说："我这就陪你去，事实就是事实，她赖不掉的！"

真真说话的声音很大，好像故意要让刚才那几个奚落我们的人听到。

我看着她轻轻摇头，正如她所说，事实就是事实，刘美妍改变不了，我问的不是亏心事，不需要人多势众。

真真了解我的性格，见我拒绝，只能无奈地由着我离开。

03

我气冲冲地去找刘美妍，找到她的时候，她正被一群人围着，绘声绘色地讲述自己救人的过程。

"其实昨天事情结束之后，我忘不了的不是那个孩子无助的眼神，我最不能忘的是莫愁河的水，真凉，感觉把骨头都冻僵了，我裹着被子一夜都没暖和过来。"

刘美妍的声音细细弱弱的，尤其是讲到落水之后那刺骨的寒冷，那细弱的声音好像莫愁河的寒水一般，让人听了说不出的揪心，而一脸笑意的刘美妍在说完话后安静地低头坐在那里，说不出的安宁谦逊。

一群人在听了刘美妍的讲述后都不由得唏嘘，开始争先恐后地赞美她。

我站在不远处听着她谦虚地一遍遍说着这是自己应该做的,那副不掩得意的脸真是让人恶心至极。

我缓缓走近人群,隐忍着怒火喊道:"美妍,昨天的事情,我觉得你有必要跟我解释一下!"

刘美妍在见到我的那一瞬间就变了脸色,她冷声冷气地说:"我为什么要跟你解释?"

话虽如此,我却听出了她言语中的慌乱。

"我觉得你是有必要解释一下的,不然,我不介意告诉他们。"我沉声说道,看到她的脸色突变。

"我没什么可解释的,苏浅,你不要胡说。"她虽然依然坚持,但说话的时候已经不敢看我的眼睛。

只是她示弱的样子落到别人眼中,却成了我咄咄逼人,已经有人用审视的目光看我。

我努力压住心底的怒火,笑着看向她,然后缓缓开口,说道:"昨天,我和你一起去买元旦晚会要用的东西,咱们走到……"我故意放缓了语气,边说边看向刘美妍。

在我快要说出"莫愁河"这个关键词的时候,刘美妍终于忍不住,紧张地低语:"别说了,我给你解释。"

她不等我开口,就匆匆从人群里走出来,向教室门口走去。

我朝周围茫然的人群露出清浅的笑，维持住我在学校里娴静可人的形象，然后迅速转身跟随刘美妍的背影走去。

　　刘美妍将我带到了实验楼后面的小树林中，她扫视了几遍树林周围，确定没人之后，才看向我，说："你想要什么解释？"

　　"刘美妍，我只是想知道为什么你成了见义勇为的英雄？我想知道昨天的真相。"我的话语再也不复在教室里的平和，有些咄咄逼人。我知道此刻我的眼睛里也冒着火，恨不得将面前这个人烧掉。

　　"昨天的事情你都是知道的，我没什么好说的。"刘美妍看了我一眼，又低下头，低声说道。

　　"你就不怕我把真相告诉学校，告诉那两个落水的孩子？"面对这样的刘美妍，我的话像尖锐的刀锋，恨不得马上就将她所描述的虚假的一切割得粉碎。

　　"苏浅，你成绩好没错，你是好学生没错，可是现在我说的才是事实，被救孩子的家长都找来了，说我救了他们的孩子，即使你说出真相，你说学校会相信你还是相信我？那两个落水的孩子？苏浅，你好好想想，你还记得那两个孩子的样子吗？更别说他们的名字、家庭住址了，你吓唬谁呢。"刘美妍在听了我咄咄逼人的话之后没有胆怯，反倒是多了几分勇气，她得意地看着我，看着我平静的脸变得狰狞。

刘美妍说得没错，我已经忘记了昨天救的那两个孩子的模样，更不知道他们的名字和家庭住址，我没有办法证明自己才是救人的那个，也就是因为这个，刘美妍才变得这样理直气壮，丝毫不以占有了我的荣誉为耻。

"刘美妍，你明明什么都没做，怎么能这样无耻！"被刘美妍抓住了弱点，我心底的怒火再也压抑不住。

刘美妍得意地笑着，看着我由盛怒恢复平静，然后才说道："苏浅，你和我不一样，你成绩好，保送不保送没什么关系，可是我，很需要这个机会。你一直很善良，为什么这次不能成全我，我只是……"

刘美妍见我不说话了，赶紧改变了策略，希望示弱能获得我的谅解。

"刘美妍，考上好学校是要靠自己本事的，没本事就别做美梦，你这算什么？贪天功为己有？"我见刘美妍承认了自己冒领了我的功劳，忍不住讽刺道。

刘美妍看着我，眼中全是泪，好像我欺负了她一样。

我看着她，心底的嘲讽更重："刘美妍，我以前只是觉得你爱美、自私，现在才看出来原来你脸皮这样厚，都能称作厚脸皮的祖宗了。"

刘美妍泫然欲泣地看着我，像个做错了事的孩子，完全不是刚才那副无所谓的样子。

"刘美妍，你最好把事情和同学们说清楚，不然我绝对会让你好看，让你后悔现在所做的一切。"她委屈的样子让我心底的怒火燃烧得更旺，因为昨天如果不是她用这样委屈的样子和我说她身体不好不能下水，那下水的就会是她；如果不是她用这样委屈的样子对着我，说她找不到市场让我去，留下来守着两个孩子的就会是我，所以今天我无论如何都不会再被她的外表欺骗了。

虽然我离刘美妍很近，却看不到她眸子里那个温文尔雅的人影，更不知道刘美妍此刻心底的得意。

"刘美妍，你别以为我苏浅是好欺负的！"我几乎是威胁刘美妍，等着她妥协，却不想刘美妍只是站在那里，满是委屈。

"我还不知道苏浅怎么不好欺负呢。"一个温和的声音将我的话语打断，我转身看向声音的来源。

简单的白衬衫、牛仔裤，却极好地修饰出他的身材，即使是凌厉的话语，他说出来都是温和的，就好像他此刻水一样安静的眸子。

安哲，我同父异母的哥哥，他用那双极似苏之行的眼睛审视着我，好像要把我盯出个窟窿。

因为知道我们之间的关系，所以我更不喜欢他这样看着我，我瞪

了他一眼说："我怎么不好欺负和你没关系，你不用多管闲事。"

我不想让安哲掺和进我的生活，即使血缘上，我们的关系极为亲密。可是刘美妍显然不是这样想的，她见安哲在听了我的话之后神色有了变化，不等他开口，她就跑到了安哲身边，轻声说："你看到了，明明是她欺负我。"

刘美妍话语绵软，一副委屈的模样。看着她看向安哲时闪烁的目光我就明白，我这风流倜傥又多金的哥哥是她心仪的对象。

我终于明白刘美妍是借由我在安哲心中树立一个好形象，现在我再说什么都是欲盖弥彰，所以我只是安静地看着安哲，等着他开口。

心底不是没有期待，因为和安哲的特殊关系，我竟然生出阵阵奢望，希望安哲也能明白我的委屈。

安哲看看我，又看看刘美妍，神色中有几分为难。而刘美妍脸上的委屈更重了，眼中竟然泛出了泪光。

安哲看了一眼委屈得几乎要哭了的刘美妍，终于轻叹了口气，对我说："苏浅，今天这件事，你确实有些蛮横无理了。"

他的话为我今天的行为下了定论，我没想到，这个除了父母之外和我血缘最近的人，竟然因为别人几滴快要落下的眼泪选择了指责我。

"安哲，说话要对得起自己的良心，事实怎样，你根本不清楚，凭什么在这里指手画脚！"我对着安哲喊道。

安哲见我红了脸，眼中的失望更重，听了我的话，他无奈地叹了口气，说了声："苏浅，刚才你的话我都听到了。"

"那你知道是谁的错了？你还……"心底的委屈因为安哲的话像海浪一般连绵起伏。

"苏浅，我从来都不知道你是这么狠毒的女孩，什么自私、虚伪、厚脸皮的祖宗，还有什么不会让别人好看，这样的话我不希望再从你嘴里说出来。"安哲平静的话语如冰水一样将我刚刚升起的希望再次浇灭。

"安哲，你知道我为什么要这样说她吗？我是无缘无故就说出这样话的人吗？"我高声对他喊，可是安哲已经不再听我说话，他走到刘美妍身边，温和地对她笑，邀请她一起回教室。

"安哲，你最好问清楚我为什么这样说她。别说这样的话？承受更恶毒的话都是她咎由自取。"对着安哲和刘美妍的背影，我几乎抓狂。

我没想到刘美妍算计了自己一次之后，还会再一次得逞，看着她跟在安哲背后亦步亦趋的样子，我心头的怒火再也压抑不住。

"刘美妍，你会遭报应的！安哲，你这个白痴，被别人骗了还当自己是情圣呢！"

　　在安哲和刘美妍走后，我的脑子终于重归清明，当然骂人的话也如喷泉一样地往外涌。等终于骂累了，我才颓废地坐在树下的椅子上，心底有无限哀伤，却无法发泄。

　　"安哲，你这个糊涂蛋，怎么就看上那个花瓶了，你的审美能力还不如苏之行那个浑蛋呢，你怎么就单单遗传了他那张帅气的脸呢，看到你，我就想到苏之行那个浑蛋……"我控制不住地嘀咕。

　　我知道这话安哲不会听到，我只是安慰自己。我也知道我所有的诅咒没有人会知道，我喊出来不过是为了发泄自己心头的不满和愤怒。

　　"刁钻、恶毒，简直是骂人话语的精髓，只是出自这优等生之口，我还真不敢相信。"

　　一个似笑非笑的声音由花丛中传来，我循声望去，看到一张熟悉的脸。

　　"郑烁，我说什么话和你有什么关系，哪里凉快哪里待着去。"我不屑地瞪着他。

　　这家伙好像和我有仇，这已经不是他第一次撞破我的伪装了。在他面前我温婉的形象早就没了，所以说起话来毫不客气。

　　"是你打扰了我休息，所以该哪里凉快哪里待着的是你。"郑烁指着花丛里铺着的床单，很认真地和我说话。

他想让我明白，他之所以如此说话惹我生气，完全是因为我招惹他在先。

"有床不睡你躺在这里，活该被吵醒！"虽然知道理亏，但我还是强装镇定，将心底未散的怒火朝郑烁发泄。

他无所谓地耸耸肩，笑嘻嘻地走向我："那你说话被我听到，活该被我奚落。"

他说话吊儿郎当的，却与我的挑衅针锋相对。此时，我只觉得浑身的血液都涌到了头上，恨不得马上让这个人在我眼前消失。可是郑烁好像洞悉了我的心思，再次幽幽开口，直刺我心底最敏感的神经。

"苏浅，咱俩认识时间不短了，你说我是画你现在的盛气凌人、恶毒嚣张呢，还是画你在老师同学眼中的乖巧可人呢？"

郑烁是在讽刺我人前一面，人后一面，可是我不知道该怎么反击，只能怒气冲冲地盯着他，心底涌动的嚣张的话语却怎么都说不出来。

"有了，我就画你现在这副恼羞成怒的样子，手里拿着一张乖巧女孩的面具，我这创意不错吧？"郑烁好像炫耀一般看向我，脸上全是笑。

"郑烁，我什么样子和你有半点关系吗？你纯粹是吃饱了撑的。"我终究没能忍住心底的怒火，因为他毫不留情的讽刺。

"嗯，现在你恼羞成怒的样子更到位了，这模样简直就是完美。你别动，我马上画下来。"郑烁依然笑着，显然没将我的怒火放在心上，好像故意要将我激怒。

我忍住上前踹他一脚的冲动，却控制不住身体的颤抖，郑烁这个毒舌腹黑的艺术生好像是我的克星一样，从见识了我的真面目之后，每次见我都是冷嘲热讽的，看他得意的样子，分明是不把我气死不罢休。

"郑烁，我不过是说了你几句。"我终于还是忍住怒火，不情愿地服软。

郑烁看着我，笑道："哈哈，终于服软了？"

我无奈地点头。

"郑烁，我不该那样说你，我道歉。咱们以后没关系了，求你，不要再……"我欲言又止，却还是担心郑烁会不依不饶。

"苏浅，哥是爷儿们，我才不会计较那些小事。我今天这样纯粹是因为你打扰了我休息，而且你刚才说的脏话污染了我的睡眠环境。"郑烁说话不紧不慢，脸上带着笑，却让我觉得毛骨悚然。

污染睡眠环境？我看着郑烁似笑非笑的脸，心底怒火更盛，也只有郑烁才会厚颜无耻地说出这样冠冕堂皇的理由还如此理直气壮。

"这小树林不是你家的，你能来我为什么不能来？"我再也忍不住心底的火气，高声喊道。

"这小树林环境优美，是同学们休息、谈恋爱、说悄悄话、睡觉的地方，也是我欣赏美景，要画下来的地方，可是你来这里之后，就污言秽语，污染了环境还不自知，难道我要夸你有功？"

郑烁一番解释让我瞬间觉得自己成了十恶不赦的罪人。

我不知道怎样反驳，只是看着郑烁，等着他继续说下去。我已经看明白了，现在这个时候，我说什么都是错的。

"你污染了这里的环境，是要负责的，正好这里没人负责打扫，你有时间就过来清扫一下吧，算是将功补过。"郑烁说话的时候义正词严。

"那你不许把今天的事情说出去。"我提出自己的条件。我还不想让人看到我狰狞的一面，所以如果郑烁能为我保密，我是不介意打扫一下这小树林的。

郑烁听了我的话，脸上突然出现了高深莫测的笑意，他看着我，认真地说："刚才我说的只是你对这小树林的补偿，至于我的封口费——"

"郑烁，你不要欺人太甚！"我不由得提醒他，能答应打扫卫生已经是我的底线了。

郑烁看着我，笑着说："如果你不愿意做也没关系，我是学美术

的，不用天天上课，我就天天待在这里，宣扬你的事迹，你觉得怎么样？"

郑烁的眼中全是精光，看向我的时候一脸的笑，我知道他是吃定了我，他认准了我不想让人知道我的真面目，所以才狮子大开口，提出各种不平等条约，而我，好像只有认命接受的份儿。

"让我做什么，你说。"我低着头，不敢想郑烁会提出什么无理的要求。

"你长得不错，尤其是脸部线条很好，特别适合做模特，以后我在这个小树林里画画时，你就来做我的模特。"郑烁说话的时候眼中精光依然在闪。

见他的要求不算特别过分，我只能认命地点头答应，换来的却是郑烁得寸进尺的四个字："随叫随到。"

虽然我恨不得立刻就将郑烁撕烂，可是能做的也只有答应他的条件。

第二章

CHAPTER 02

逼债

01

妈妈离开之后，苏之行依然夜不归宿，却在每天早晨按时狼狈地出现，连他以往努力保持的翩翩形象都不顾及了，他渐渐变得蓬头垢面，脾气因为赌钱的输赢时好时坏。

只是不管他的心情如何，受伤的总是我，我几乎替代了妈妈，成了他满腹怨气的发泄对象。当他终于赢钱之后也会一次次显摆自己的能力，全然忘了几天前输得差点连裤子都卖了。

"老子还是有本事的，一夜赚两千块，这样用不了多长时间我就是有钱人了。"

"苏浅，你说你爸爸我厉害不厉害，我是咱们家的功臣。"

"苏浅，都怪你这张丧门星脸，不然我今天准赢钱。"

"苏浅，给爸爸笑，别哭丧着脸。"

"苏浅，给功臣倒点水……"

"苏浅……"

每次苏之行回到家，家里就例行地出现苏之行这样的喊声，只是他的声音越来越不耐烦，我的耐心也在他的炫耀和暴躁中渐渐消磨。

我也曾忍不住劝慰，可是他无动于衷，依然为自己赚的几十、几百块钱沾沾自喜，每到这个时候，我都会控制不住地和他发生口角，而每次都是以我挨打告终。

每次挨打，我都护住自己的脸，我不想再成为别人关注的对象，我不想再给别人一个撞到墙上的拙劣借口，而身上的斑斑伤痕终究是瞒不了真真的。

"去我家住，离那个浑蛋远点！"随着我身上伤痕的不断增多，真真对我父亲的印象愈发差劲，说话也开始毫无顾忌。

我也懒得为他辩解，或者说在我心底，已经对他毫无指望。

一个只知道吃喝拉撒和赌博的人，一个没有追求、没有目标也没有动力的人，我真不知道他和浑蛋有什么区别。

"我决定的事情你最好别反对！"在我想着理由拒绝真真的时候，她已经攥紧了我的手警告道。

我明白她的心思，她只是担心我，不想让我再受到伤害，可是，妈妈走了，有苏之行的地方，即使再不堪，都是我的家，我还没有做好离开家的心理准备。

只是我身上的伤痕却是真真行动的动力，不等我点头，放学之后真真就跟着我回了家，帮我将东西打包，拽着我往她家走去。

我离开的时候天已经黑了，我在真真兴奋的声音中回头，看那个我住了十几年称之为家的地方，点点灯光都是家里人对晚归的家人的召唤，只有我的家是黑暗的，对我的回头连期待都没有。

莫名地，我想哭，就为这个晚上，为这个没有灯为我亮着的家。

不等我的眼泪落下来，真真就将汉堡塞进了我的手里，她笑着看我，开玩笑说我应该翻身农奴把歌唱，因为离开那个家之后，苏之行再也打不到我了，我身上不用再添新的伤痕。

"好苏浅，不要伤心了，你还有我呢，以后我就是你的家人，我不会骂你，也不会打你的。"见我拿着汉堡发愣，真真明白了我的心思，她用胳膊揽住我的肩，认真地看着我说。

我将头倚在真真的身上，不住地点头，却控制不住地泪流满面。如果可以选择，谁愿意离开家？

不过好在，我还有真真。

真真为我布置房间，嘴里兴奋地说个不停。

我看着她，忽然走到她身边，将她抱住，轻声地说了一句："真真，以后我陪你。"

真真曾经无数次和我说过自己的寂寞和孤独，我只觉得是她娇气，可是真的进入了她生活的家才发现，她的生活比她描述的更寂寞，偌大的家，奢华的摆设，却没有一丝生气，走进来唯一的感觉就是冷。

"别矫情了，睡觉，睡觉。"我突然的举动让真真有些无措，但她还是很快用笑容掩饰住了自己的情绪。

在新的房间里，我久久无法入睡。我怀念那破旧的小家，我担心苏之行明天早上见不到我之后会担心着急，当然也有可能是无动于衷。

我以为我可以获得安眠，却不想睡到半夜，隔壁房间就传来了哭声，还有真真歇斯底里的喊声。

我见惯了真真总是无所谓地笑，突然听到她这样的失态很是担心，赶紧去敲她房间的门，房间里真真的哭声依旧，却没人开门。

我打真真的电话，她的手机在通话中，敲门却一直无人开门，如果不是她的声音不时传入耳中，我可能会控制不住地闯进去。

"白帆，白帆，你……"

"白帆，你太让我失望了，不，不是失望，是绝望……"

"白帆，咱们之间，结束吧，够了，够了……"

"白帆，我已经对咱们的爱情没有信心了……"

……

我在门外听着真真的声音，从理直气壮到声嘶力竭，我听她近乎绝望地哭喊，一句句话语，真真说得声泪俱下，让门外的我都不由得伤感。我不知道真真和白帆到底怎么了，也不知道自己现在要怎么做，我一遍遍地敲门，希望真真能把门打开，能停止哭泣。

真真终于开了门，只是眼睛已经哭肿了。她看到我，眼底又蓄满

泪水。她抱住我，眼泪簌簌地往下落。她一边哭一边伤心地告诉我，她和白帆之间结束了。

真真和白帆恋爱多年，怎么突然就结束了？他们之间的感情已经经过了几年异地恋的考验，怎么突然间就断了？

"真真，你告诉我，到底怎么了？"我轻轻地拍着真真的后背，忍着焦急问道。

"连我的生日他都不来，他的心里没有我了，不是，是他不在乎我了！"说完真真又哭了起来，撕心裂肺地哭，好像世界坍塌了一样。

"苏浅，他不爱我了。"真真很自然地将自己的生日和白帆的爱画上了等号，在她的心底，只有白帆来参加她的生日宴，陪她过生日才是爱她。

"真真，他有可能有别的事情要忙，来不了，他还是爱你的，你看他送你的礼物，这可都是他在那边精心选了寄过来的，如果不爱你，他不用这么费心。"我指着几乎堆满真真房间的毛绒玩具说道。

真真曾经无数次跟我炫耀白帆寄给她的这些玩具，每一个都是白帆精心挑选的。她可以理解白帆的心思，自己不在心爱的人身边，那就让她每时每刻都感觉到自己的存在，用自己的礼物填满她全部的生活。

"可是他连我生日都不肯来，我不求他送我多少礼物，我只要他在我过生日的时候能来！"真真说得伤心欲绝，我却不由得笑了。

恋爱中的人总是得陇望蜀，如果白帆只是来陪真真过一次生日，那真真怕是又要哭着说她宁肯白帆不来给自己过生日只要记得经常给自己寄礼物就可以了。

"真真，我看得出来，白帆是爱你的，只是他也有自己的生活，你得理解他。如果最爱的人都不能理解他，那他多累，多委屈。他那么爱你，肯定比谁都想来参加你的生日宴，他来不了肯定是因为有特别重要的事情。在这个时候，你不能这样哭闹，反而应该理解他，是不是？你不是那种刁蛮不讲理的人，你得理解他呀！"见真真依然满脸悲伤，我忍不住说道。

谁不知道真真是白帆的女王呀，但凡有一点儿可能，白帆都不会不参加真真的生日宴，他说不能来，那肯定是有重要的事情。

"我知道，可是他说来不了，我还是很伤心。"真真低着头跟我说，委屈的样子像极了一个孩子。

"所以我骂了他一顿，然后不等他解释就挂了电话。"真真得逞一般看着我，红肿的眼睛里全是兴奋之色。

"真真，给白帆打个电话吧，别让他担心你。"我轻声劝真真，因为我知道，此刻远在他乡的白帆还不知道怎样着急、怎样无奈呢。

"我已经关机了，明天打给他，今天就算是对他不能来给我过生日的惩罚。"真真说完就恢复了满脸笑容，她看着手机，想到为自己

担心的白帆，脸上的得意越来越重。

"现在打吧，不然他会担心。"真真认准的事情是不会改变主意的，我只能尽力一试。

"才不呢，我要睡觉去了。"真真说完话就将我推回了自己的房间，还给我关上了门。

我听着真真的房间恢复平静，却没听到她给白帆打电话的声音。

真真呀，果真是被人宠坏了的孩子……

因为真真的事情，我心底对家的怀念淡了，很快就进入了梦乡。

第二天醒来的时候天已经大亮，每天的这个时候苏之行已经回家了。我看着枕边的手机，等着它响起来，可是直到真真敲门喊我起床，手机都安静地躺在那里。

洗漱完了回到房间，手机依然安静。我终于忍不住给苏之行打了电话，即使对他曾说出最狠的话语，但我还是怕他担心。

只是现实还是无情地打击了我，苏之行的电话无人接听，而这个时间往往是他在家里睡觉的时间，他肯定已经发现了我不在，只是他不在乎，或者说我不如他的睡眠重要。我终究还是高估了苏之行作为父亲的良心和责任。

"给谁打电话呢？"真真有些好奇地走进来，看到我愣神，忍不住问。

"没什么。"我恍惚地说，努力维持着嘴角的笑意。

"是苏之行吧？他不值得你生气的，你以后和我是一家人了，不许你想他。"真真猜到了我的失落，一边劝我，一边拽着我往学校赶。

我心底空落落的，即使明白他的关心不过是我的奢望，但是当这奢望落空，失望却更大。

"别想不开心的事了，晚上咱们去KTV，我约了几个朋友，咱们一起开心一下。"真真见开解的话语无法驱散我的落寞，赶紧转换话题。

"你和白帆和好了？"昨天和白帆吵得那样厉害，今天就要出去开心一下，我不得不佩服真真情绪转变的速度。

真真却无所谓地说："就是因为没有和好，我才要出去高兴高兴，不然想起就心烦……"

说话时的她是委屈的，在说到和白帆没有和好的时候，神色间全是落寞。

"真真，给白帆打个电话吧。"千万句劝说的话，我却不知道怎么开口，只能让真真给白帆打电话，异地恋最大的障碍不就是沟通吗？只有给了他们沟通的机会，他们才有可能解开矛盾，只是这矛盾，好像是真真单方面的。

真真看着我，笑着说："他给我打电话了，打了一夜，不过我没接，今天我不准备接他电话，他让我不高兴，我就让他着急。"

说这话的真真脸上带着笑，是那种被人捧在手心里的幸福的笑。

我不知道要怎么劝真真了，唯一期望的就是这个被白帆捧在手心里的女孩能长大，能设身处地地为白帆想想。只是现在，为时尚早。

"真真，今天晚上你自己去玩吧，我可能去不了。"我知道这个答案会让真真失望，但是我早就答应了庄辰，今天晚上要一起出去玩。

"苏浅，你不会又要回去学习吧？我不允许，今天周六，放学后你必须跟我出去，不然你会变成书呆子的！"真真霸道地看着我，眼中全是不容拒绝。

我看着她，终于还是告诉她，我和庄辰有约。

"苏浅，你和谁有约？"真真几乎不敢相信自己的耳朵，她看着我，眼睛闪亮，连嘴角都不自觉地带着笑意。

我知道真真是明知故问，有点不好意思，便扭头看向车窗外寒冬的风景。

"苏浅，你隐瞒得够深的呀！坦白从宽，告诉我，你什么时候把庄辰搞定的？庄辰呀，帅，温柔，还是学霸，我说苏浅，你俩在一起，这传出去，就是两个学霸的结合呀，不知道多少人要大跌眼镜的。还有，你知道有多少女生暗恋庄辰吧，她们知道这个消息之后芳心怕是要碎一地了。苏浅，你俩什么时候在一起的？告诉我。"我的话好像炸弹一样，成功地炸出了真真身体里的打听因子，她语无伦次地喋喋不休，看她的样子是想要一口气将心中的疑惑全部解开。

我看着她着急的样子，忍不住笑了，不由得对她说："我们之间还没开始。"

"那是谁追谁？你约的庄辰还是庄辰约的你？是他约的你吧？你对爱情这种事一直不敏感。原来庄辰喜欢你呀，怪不得前几天我们班班花向他表白他拒绝了。庄辰可是个好男人，你一定要加油啊……"真真的话依然挡都挡不住，脸上的笑容也越来越浓，我知道，她是真心地为我高兴。

"太早了，我们现在只是朋友，一起学习，偶尔出去吃个饭逛个街。"面对真真的问话，我只能提醒她现在想这些还为时过早。

"早晚的事啊，你先让我兴奋一下。"真真丝毫不将我的尴尬放在眼中，依然喋喋不休。

"如果你觉得是早晚的事，可以先想想我们未来的孩子，你要做好当姨妈的打算。"我忍不住揶揄真真。

却不想我的话刚说完，真真就开始兴奋地描绘起来。

看她说得绘声绘色，我再也不敢说话，我怕开口之后，她又有十万个为什么。我和庄辰之间纯洁的朋友关系实在经不住她这么没完地推敲。

02

　　虽然我和庄辰之间并没发生什么，但我和庄辰有约让真真终于放过了我，只是在我和庄辰要离开学校的时候，收到了已经在KTV的她的短信，她说"恋爱愉快"。

　　看她的意思，是要把我和庄辰生拉硬拽到一起了。

　　如果我真的要恋爱，庄辰确实是个很好的选择，气质温雅，相貌出众，待人温和，成绩优异，如果我们两个人在一起，相信谁都会说郎才女貌，是匹配的一对。

　　只是我很清楚，庄辰喜欢的那个我，只是别人眼中的我，学习努力，乖巧可人。

　　有时候我甚至在想，现在对我心生爱慕的庄辰在知道我面对苏之行时的嘴脸后会不会被吓跑。当然这只是我的想象，除了真真，学校里没有人知道在我离开学校之后是什么样子。

　　之前庄辰约过我很多次，我都没有答应，所以这第一次约会，庄辰很紧张。在我看完真真的短信之后，他有些紧张地将手里的冰激凌递给我。他是趁我看短信的间隙买的，我接过冰激凌时迎上了他温柔的眸子。

　　"谢谢。"我轻声道谢，一如我每天在学校里温柔可人的样子。

　　因为我的一声谢谢，庄辰的脸瞬间变红，神色多了几分局促，但是他很快稳定了心神，羞涩地对我说："苏浅，你我之间，不用这样客气。"

我看着庄辰，轻轻地笑，面对他的亲近，我竟然不知道要怎样应对。

"你最近家里是不是有什么事？"他局促地看着我，神色中的关心怎么也挡不住。

"我家里能有什么事？你想多了。"在庄辰问到我家的时候，我本能地排斥，我不想让他触及我的生活，更不想让他知道我不堪的样子。

见我态度坚决，庄辰更加紧张，连手都攥紧了，他看着我说："苏浅，我只是关心你，没有别的意思，我昨天晚上看到你和真真了，你今天早上又和她一起来上课，我才确定你俩住在一起。"

庄辰一直很关心我，我任何一点儿异常他都会发现，比如几天前我红肿的脸，比如现在……

于他的用心，我很感动，却很排斥他这样关心我的生活，他让我觉得别扭，总觉得自己的生活被他从一个角落里窥视。

"我外婆病了，妈妈去照顾了，我爸爸出差，我自己在家，真真不放心。"我迅速找好理由，掩饰心底的慌乱。说完之后，我才敢看向他，只是庄辰的眸子里依然是浓浓的关怀。

"外婆会没事的，叔叔出差总会回来的，你不用担心。"我不知

道嘴角脸上的什么表情让庄辰误解为担心，他温柔地劝着我，话语中的关怀难以掩饰。

我面带微笑，心底却全是不以为然。不管是母亲和父亲，我们有关系的好像只是血缘，他们怎样，我已经不在乎了，尤其是在早上被苏之行无视之后。

我只是点头，不再说话，怕再说出的字眼又被庄辰放到心底。能被这样一个温文尔雅的男生这样小心翼翼地喜欢，想必谁都会引以为傲。

庄辰显然很珍视今天这次所谓的约会，在我们逛完街之后，他又小心翼翼地问我，能不能去看场电影，他电影票都买好了。

说完话之后，他甚至都不敢看我，只是低着头，安静地等着我的回答。

"好啊，我也好久没去看电影了。据说《匆匆那年》很好看。"我轻声询问，尽力化解他眉宇间的紧张。

"我买的就是《匆匆那年》的票。"显然，我的回答让他兴奋，他满脸喜悦地看着我，好像一个得到了自己期望的糖果的孩子。

但是说完之后，庄辰又有些局促，他有些无助地看着我，但是眼中的温柔还是泄露了他心底的情意。

"还等什么，走啊，先去买爆米花，没爆米花就不算看电影。"我努力让自己显得兴奋，我希望庄辰能感受到，这是我唯一能回报他感情的方式，在他小心翼翼地为我做一切事情的时候，我因为他做的事情喜悦。

我的话显然鼓舞了庄辰，在走向电影院的时候，他的手碰到了我的手。我知道，他是想牵我的手，只是我本能地躲闪开了。这个时候，好像有些为时过早。

夜晚路灯昏黄的光照得庄辰愈发局促，他看看我，不好意思地笑笑，然后快走了两步，和我拉开一点儿距离。但等我继续往前走的时候，他又放缓脚步，很快就恢复了和我肩并肩地前进。

在电影院里，庄辰一直显得非常兴奋，他买好爆米花、饮料，讨好一般坐在我的身边。影片还没开始，放映厅灰暗的灯光里我看到的只有他晶亮的眸子，好像春水一般，柔软得让人心动。

在影片最高潮的时候，看影片男女主角情意绵绵，我忍不住轻声叹息，只是声音还未落下，我的手就被温软的触感包裹。我猛地低头，才意识到是庄辰握住了我的手，他握得那样紧，好像握着不小心就会遗落的珍宝，我几次想把手抽回，却挣脱不了。

见我放弃了挣脱，庄辰就得寸进尺起来，他另一只手也伸了过来，一只手将我的手展开，另一只手的手指在我手心轻轻地画着，是心形，我能感觉得到。

我的手，包括我的心都被他那轻轻的一画点燃，我忍不住低下头。等我终于有勇气看向庄辰的时候，他已经松开了我的手，只是看

向我的时候眼神愈发温柔,几乎让我沉醉。

"庄辰,我们……"我不知道该说什么,也不知道要怎么做,我唯一清醒的意识在不断地提醒我,庄辰喜欢的只是表面的我,而在他看不到的角落还有另一个嚣张跋扈、冷酷无情的我在肆意地生长。

我不想让庄辰在知道真相的时候失望,可是现在,我不得不承认,我几乎沉溺在他给我营造的温柔里。

对庄辰,我说不上喜欢,只是明白他对我来说很合适,如果我俩在一起,怕是连老师都不会觉得奇怪,好学生和好学生在一起才是最好的组合。

可是,我总觉得缺了点什么,我不知道要怎样告诉庄辰,也不知道该怎样劝说自己,更不知道要怎样面对这段感情。

"苏浅,你不用和我说什么,我明白,我不强求,如果你愿意,等咱们都考上好学校以后,也是可以的。"庄辰这次一反之前的羞赧,郑重地对我说。

梗在心间的无所适从因为他的话瞬间烟消云散,我看着庄辰,轻轻点头。

庄辰很聪明,他清楚地知道现在我给不了他一个明确的答复,而我也感激庄辰没有把我逼得太紧,如果太紧,我只会逃离。

电影结束后,庄辰送我回真真家。到门口的时候,相比之前的主动,庄辰又恢复了之前的沉默,直到我要上楼的时候,他才突然开口说："苏浅，我有话要和你说。"

我转过身，看着他，看着他脸上重新出现的局促。

"今天晚上，我很开心。不管你给我怎样的答复，我还期待着咱们能一起学习、逛街、看电影。"庄辰说话的时候头是低着的，我看不清他的表情，但是他这样的谨慎，让我有种被小心翼翼珍视的感觉，这感觉让我沉沦。

"好，以后有机会吧。"我轻声答道，虽然理不清对庄辰的感情，但是我觉得这个晚上不错，如果有可能我愿意继续。

我的回答显然让庄辰愉悦，他看着我，兴奋地点头，然后对我说他走了，却不转身，只是认真地看着我。

我无法和他僵持下去，只能上楼。等到了楼上，我忍不住往楼下看，看他走出了多远，却不想他依然站在刚才站的地方，神情专注地看着这栋楼。

他不知道我在哪个楼层，他更看不到楼上的我，但是他站在那里的身影，让我心底涌起一阵阵温暖。可是想到自己背后那个家，想到那个不堪的父亲，想到那个凌厉的我，这温暖的感觉就变成了一股冷风，让我惊醒。

"好温柔的男生，如果不是有白帆，我就下手了。"见我回来对着窗外出神，真真忍不住笑着说。

"我们不可能的。"我无奈地对真真说。

真真很不解地看着我，一直在问为什么，还说我们俩很合适。

我们俩表面上看来确实很合适，只是……

"真真，在学校里的我和你认识的我一样吗？"我苦涩地问真真，我知道她的答案，她太了解我了，她知道我在学校和家中完全是两个样子。

"苏浅，我知道，你也不想的，你也是没有办法。"真真恍然明白，话语中全是同情和怜悯。

"庄辰喜欢的是在学校里的我，那只是我的一部分，学校里的我和家里的我截然不同，他知道我在家里的样子之后肯定会吓跑的。"我感觉到嘴里的苦涩，黄连一般。

真真没再说话，好像理解了我的失落。她站在床边，陪着我看着外面，看着庄辰终于缓缓离开，渐渐走出我们的视线。

很久很久之后，我才转身回房间，只是耳畔有一声轻轻的叹息，来自真真。

我只能对真真笑笑，心底的无奈和苦涩却怎么都压抑不住。

真真突然从我身后抱住了我，轻声说："苏浅，你还有我呢，不管你是什么样子，咱们都是最好的朋友。"

我握住真真的手，轻轻地点头，心底的感动静静蔓延。

03

没了哀怨的母亲和颓废的父亲，我的日子反而逍遥起来，如果不是那通电话，我几乎都忘了生活中那些让我抓狂让我原形毕露的破事。

一个陌生的号码在早晨出现在了我的手机上，我拒接多次都没用，它一次又一次打来，锲而不舍。我担心是苏之行或者妈妈有什么事情，只能在同学们审视的目光中拿着手机走出了教室。

我接通电话，一个尖锐的女声从电话那端传来，她喋喋不休说了很多话，我却只听明白了两个字——还钱。

"你搞错了吧？我没欠你钱，我也不认识你。"好不容易等到电话那端没了声音，我才敢说话。

"我才不会搞错！怎么着，你想欠钱不还？我告诉你，没这个道理，你小心我找人收拾你，收拾了你，你还得还钱！"电话那端的女人好像被我的话激怒了，声音更大，刺得我的耳朵发疼。

"我根本就不认识你，怎么会欠你钱呢？我现在还是个学生，你真的搞错了。"我耐住性子解释，心底早已做好了准备，如果她再这样大喊大叫，我就直接关机，这人太不可理喻了。

"你是个学生？"电话那端的人终于听到了我的话，我听得出她声音里的茫然，就在我准备挂电话的时候，那边的声音再次响起，她

说："是苏之行给我的这个电话号码，不会有错呀？"

"苏之行"三个字如针一样扎进了我的耳中，一时之间我都忘了应该马上挂掉电话，表示和苏之行没有任何关系。

可是我和苏之行，不管怎样相互厌弃都割不断血缘亲情，在听到他名字的时候，我在头疼之余，最先涌上心头的还是担心。

"你认识苏之行吗？你是苏之行的什么人？"电话那端的女声急切又咄咄逼人，我拿着手机僵在当场。

"我是苏之行的女儿。"我觉得我连说话的力气都没有了，但是不管我怎样不愿意都改变不了我是苏之行女儿的事实。

"那找你还钱就没错了，你爸爸欠了我十万块钱，你告诉他尽快还上，不然我们不会放过他的。"女人语速很快，但是威胁的话语还是落到了我的耳中。

我顿时僵住。十万块，对赌场上的苏之行来说可能只是一个简单的数字，但是对我而言，却如惊雷一般。

十万块，如果我想的没错，这是苏之行欠下的赌债。可是十万块对我而言，无异于天文数字！

"小姑娘，你听到没？你把我的话告诉他，别躲着了，想找他太容易了，只是找到他，后果你让他自己掂量。"那边的声音追回了我的神智，面对那边咄咄逼人的话语，我能做的只有说"好的好的"。

等那女人挂了电话，我才发现自己已经一身冷汗。我一直知道苏之行嗜赌如命，却没想到他竟然会借钱去赌，会被人追债追到我头上，而且他好像逃了！

我觉得世界再次陷入空茫之中，一时间我不知道要怎样面对，只能呆呆地走回教室，如同行尸走肉一样继续上早自习。

课间的时候真真来到我的桌前和我说话，她说了什么，我几乎都没听到，只是机械地点头或者应答。

只是几句话她就看出了我的心不在焉，她不高兴地抓着我的手想让我回神，只是她的手刚碰到我的手，她就惊叫起来，她吃惊地问我："你怎么了？手怎么这么凉？"

真真说话的时候，我才意识到被她握住的手湿漉漉的，而她的手温暖得如同春天。

"我……"我想告诉真真电话的事情，可是刚开口，我却忍不住眼中含泪。

我不得不承认，在知道苏之行欠巨债逃逸之后，我很担心，我的世界好像坍塌了。

"苏浅，你还有我，慢慢说，不着急。"真真上前将我揽住，她轻轻的话语终于消减了我心中的恐惧。

很久之后，我才缓声对她说："苏之行又闯祸了，这次他欠了人家十万块钱，逃了，没人知道他在哪里。"

我的话说完，真真的脸都僵住了，她看着我，急忙问："那债主

知不知道你家的地址？"

我不知道，一时间更不知道要怎样应对，只是茫然地看着她，轻轻地摇头。

"真真，我后悔了，我不该为了躲她住到你的家里，不然他不会闯这么大的祸。"我说着话，眼泪簌簌地落了下来，我第一次意识到我这个女儿做得多么失职。

"先别责怪自己，咱们先去你家，看看你爸爸是不是躲在家里，找到你爸爸之后，咱们再想办法，行吗？"真真帮我出主意。

我听了她的建议不住地点头，回家找苏之行，才是现在最重要的事。

在最慌乱的时候，真真成了我的主心骨，她迅速帮我请了假，带着我回家。

只是等我们走到家门口的时候，我那简陋的家门口已经围了许多人。看着神色各异的他们，我心底的慌乱更盛。真真意识到了我的慌乱，猛地握住了我的手，陪我走进人群。

"苏浅，先别管别的，开门。"真真看看周围虎视眈眈的人们，坚定地对我说。

我故作镇定地从包里拿出钥匙，只是开门时颤抖的手出卖了我的心情。

真真看着我颤抖的手，接过了我手中的钥匙。

只是不等她将钥匙插进锁孔，就有人拉住了她的胳膊，笑着说："不问问谁的家就开门，这是谁教你们的规矩？"这人说话阴阳怪气的，声音落到耳中有些瘆人。

不等我转身，真真已经护在了我的身前，高声对这些人喊道："我们回的当然是自己的家，看不到我们手里的钥匙吗？我们回家和你有什么关系，管得太宽了吧？"真真说完话就转头看我。

我抓住了她的手，找回了勇气："这真的是我的家，你们在我家门口做什么？"

"笑话，这是我的家，什么时候变成你的家了？有钥匙就是你的家？"那男子说完话就鄙夷地看着我们，好像我们说的话是他听过最大的笑话。

"这真的是我的家，我有证据的，房产证……"我的话还没说完，就愣在了那里，因为能证明这是我家的房产证上写的不是我的名字，如果我没记错，是苏之行的名字。

见我僵在那里，已经有人控制不住地笑了，其中一个男子笑着走向我，问道："知道这是谁的家了？"

"这是我家，房产证我见过的，写的是我爸爸的名字。"我认真地回答他，努力地维持着脸上的笑容，用来掩饰我的心虚。

"小姑娘，房产证上写的是苏之行的名字吧？他是你的爸爸？那他在哪里，你告诉我。"那男子脸上带着笑，却让我感到莫名的寒冷。

我故作镇定地问他："你找我爸爸做什么？"

"你爸爸欠了我们钱，我们找他要钱！"另一个男子听了我的话，恶狠狠地说。

男子的话音刚落，四周的人就开始随声附和。

"我爸爸有可能在家里，你们让我先把门打开看看，好不好？"面对这么多催债的声音，我忍不住乞求道。

"快开门吧，我们聚在这里也是怀疑他就在家里，正想着要不要把门撬开，你来得正好。"见没人阻拦，我转身准备开门，却不想身后响起的话语让我的动作瞬间僵住。

我不知道要不要继续下去，我在众目睽睽下僵在那里，无所适从。

幸好有真真，在我最不知所措的时候，她接过了我手中的钥匙，果断地开门。门打开的瞬间，等在门口的人都蜂拥了进去，只剩下我和真真僵在门口。

"苏浅，这是苏之行惹的祸，和你没关系，你不用为他掩护，让他们找苏之行算账，咱们走。"真真说完话就拉住了我的手，想带我离开。可是我的双腿好像灌了铅，怎么都挪动不了。

"苏浅……"真真看着僵在门口的我，无奈地喊道。

我没说话，只是认命地看着真真，许久才说了一句："他是我爸爸。"

即使他再不堪，我都不能看着这些讨债的人围攻他，我可能帮不了他，但是我得在他的身边。

真真知道我的执拗，也不再勉强我，只是叹息一声，便牵着我的手走进房间。

房里除了破旧的家具，别无其他，只有那群刚才守在门口的人不住地在房间里寻找，最后却一无所获。

原先期待着在里面找到苏之行的人都满脸失落，看着我进了房间，他们才打起精神将我围了起来。

"你真的不知道你爸爸在哪里？"他们都紧紧地盯着我，好像饿狼看着让自己垂涎三尺的食物。

我低头站在那里不住地摇头，我是真的不知道苏之行在哪里。

可是他们显然不信，开始七嘴八舌地问我，而我像被审的囚犯一样，无助地站在那里，只有身边的真真紧紧地握住我的手，给我最坚定的支撑。

"这是苏之行家，对吧？"就在我无力回答他们也不知道怎么回答他们的时候，一个陌生的男声从门口传来。

屋子里所有的人都看向门口那人，那人笑着看向我们，身后还跟了几个膀大腰圆的人，看样子像是他的保镖。

房间里的人都没有回答，却很默契地看向我，我看着那个陌生的男子，缓缓点头。

"你是苏之行的什么人？"那人一脸询问，审视地看着我。

"他是我爸爸。"我轻声回答，说出话才意识到我的声音是这样的小，如果不仔细听都听不到。

"嗯，有你在就行了，我来这里就是为了告诉你，这房子，现在已经是我的了。"他说完转身就走，根本不在乎我的吃惊，当然更没有将围在我身边开始七嘴八舌议论的人放到眼里。

"这是我的家，凭什么你说是你的就是你的了？"不等我开口，真真就先开口了，她一边说话一边走到那人的面前，满脸的挑衅。

"凭这个。"那人说话的时候，从手包中拿出了一张纸，缓缓地打开，然后递到了真真的面前。

真真直直地盯着那张纸，很久都没有说话。时间仿佛静止了一样，房间里所有人都不说话了，只是安静地等着真真的反应。

真真却没有任何反应，只是在看完那张纸上的内容之后，将那张纸接过来，送到了我的手上。

"你看看是不是你爸爸的字？"真真很是愤怒地对我说。

在真真说出"你爸爸"这三个字的时候，我的心底只剩下了绝望，因为只有在苏之行让她失望至极的时候，她才会说出这三个字。

确实，苏之行没辜负他自己，这张纸上写的是房屋转让合同，最后的署名是苏之行，那龙飞凤舞的字迹确实是他的，他将这房子转让给了别人。

这所房子，承载着我对这个家的所有回忆，这回忆里有我，有妈妈，也有苏之行。

可是这所房子被苏之行转让了。

"多少钱转让给你的？"虽然知道改变不了结果，但我还是想知道苏之行将它卖了多少钱，我只是想知道这所我妈妈勉力维持了十几年的房子，这让我无法释怀的家在苏之行的心底到底值多少钱。

那人有些好奇地看着我，他不能理解我的情绪，可能只是觉得我的问题有些多此一举，结果已经这样了，多少钱真的没有什么关系了。

"什么钱，这是他输给我的。"

那人笑着说，只留下了一句："虽然这家里没什么，你还是看着收拾收拾，我周末派人过来接手房子。"

说完话后，那人扬长而去，剩下我们一群人在房子里面面相觑。

"原来他连这房子都输给别人了，怪不得不回家呢。小姑娘，说吧，你爸爸在哪里？我们找不到你爸爸，只能找你了，我就不信他会连自己的女儿都不要了。"刚才阻止我开门的男子突然走到了我的面前，只是说话的语气完全不如之前和气。

"就是，他可欠着我们钱呢，找不到他，只能父债子偿。"另一个男子走到刚才那名男子的身边，附和说。

"小姑娘，我们知道你还小，也没钱，你只要告诉我们苏之行在

哪里，我们绝对不纠缠你。"又有人开口说话，问的依然是苏之行的行踪。

我看着周围这群人，他们的神色中都有一种不达目的誓不罢休的狠劲。

"小姑娘，你最好乖乖告诉我们，如果我的钱飞了，我就不知道自己会做出什么事情了，尤其是你长得这么漂亮，是吧？"那人说话的时候眼中全是委琐的光，看着他那打量货物一样的目光，我的心不由得一颤。

"这位哥哥，我们是真不知道那坏蛋在哪里，别说你们找他，我们也在找他，他也欠着学校的学费，现在班主任天天找我们谈话……"真真突然一反之前的强势，有些委屈地对周围的人说。

"我们是真的没钱，但凡有点钱，也不会让家变成这个样子不是？你们看看这哪里还像个家呀？这些破破烂烂的家具拿出去卖了能换台电视机还是换台冰箱呀？"真真越说越委屈，好像她才是那个受尽了委屈的苏浅。

"我不想让你们打扰我们的生活，所以有了苏之行的消息，我们肯定第一时间告诉你们，不过你们得帮我们劝劝他，可不能再赌了。现在房子都赌没了，再赌下去就只能卖儿卖女了。"真真一边说话，一边将纸笔递给了离她最近的人。

"把电话和名字写上，等有了苏之行的消息，我第一时间通知你们。"真真说得认真，给人的感觉就是她和这群讨债的人是一条战线上的人。

他们依然在七嘴八舌地说着，不外乎要我不要耍花招，有了苏之行的消息一定要第一时间告诉他们。不等我点头答应，真真就快速地答应了他们，说着讨好的话。

真真察言观色，连哄带劝，不久就把这些气势汹汹的人都搞定了，见他们不情愿地离开，真真兴奋地对着我做了一个胜利的手势，我却怎么都高兴不起来。

真真看着我，几次努力张口想和我说话，最终却什么都没说出来。

我落寞地看着这个家，这个曾经属于我，已经被苏之行转让给别人的家，这个我熟悉得几乎闭着眼睛都能描绘的家，看着熟悉的一切，摸着曾经最亲密的床，万语千言，却没有一句话能表达此刻我心底的痛楚。

"真真，我的家没了。"等我终于鼓足勇气要转身离开的时候，我才发现真真一直站在我的身后，我忍不住流泪说道。

真真看着我，没有说话，我看得到她眼中的泪水，她明白这个家对于我的意义。

我以为我有勇气离开这个家，可是走到门口的时候还是忍不住号啕大哭。

一直站在我身后的真真抱住了我，她在我的耳边一遍遍地说：
"苏浅，不哭，以后我的家就是你的家，我收留你。"

我哭着点头，却在点头后哭得更加伤心。即使是真真都不能明白
为什么我此刻这样伤心。

我的家没了，从此，再也没有一个地方承载我童年的所有回忆，
从此再也没有一个地方等待着我妈妈的归来，从此再也没有一个地方
让我和苏之行对峙，从此我再也没有一个固定的地方可以找到苏之行
了。

我心底痛恨却十分不舍的亲情，终于随着这个家的离去被无情地
斩断。

没有人知道我的心底在流血，也只有在这时，我才明白即使苏之
行再颓废，他都是我的亲人；即使这个家再不像家，都是我记忆里最
温暖的地方。

心底的痛楚让我明白，原来我并不像在面对苏之行的时候那样冷
血无情。

第三章
CHAPTER 03 ▶

狼 狈

01

流浪。

跟在真真的身后，我终于意识到自己成了一个流浪者，从此，没有了家，没有了妈妈，也没有了爸爸，从此我再也没了依靠，委屈的时候再也没了温暖的港湾。

虽然真真为我敞开了怀抱，但是她能给我的只是一个遮风挡雨的地方，却给不了我一个家。真真对我一直很大方，我却不能一味地接受她的馈赠，我必须自食其力，因为我的生活、我的学业，不管哪一样都足以成为我的负担。

为了让自己以后生活无忧，我找了几份周末的兼职，周六、周日白天在超市里做促销，晚上为一个广告公司发传单。

辗转在两份兼职中的周末，很苦，但是看着卖出去的一瓶瓶酸奶，看着一摞摞宣传单被我分发到路人的手中，我心中由衷地自豪，因为我可以自食其力。

不知道是什么原因，在累得快扛不住的时候，我总是想起苏之行，想起他的冷嘲热讽，想起他说是他养活了我，每当这个时候，疲累就会消弭无形，我好像要用努力向苏之行证明我很好，离了他我可以生活得很好。

没有了苏之行，我的生活依然是两面，一面是在学校里，我是最优秀的学生，是同学们羡慕的对象；一面是在周末，不管是在超市里还是大街上，我都是那个为生活忙碌的弱女子，虽然力量微弱，却从不示弱，一直努力向上。

有时候想起苏之行，也特别想知道他生活得怎么样，可是几次拨打他的电话都无人接听。我只能一次次安慰自己，如果他真的生活不下去肯定会出现，即使不找我，他也会找安哲，那个让他引以为傲的儿子。

我的手机始终保持着开机，不得不承认，我心底还有隐隐的期待，期待有一天苏之行会想起我这个女儿。

只是我很少响起的手机响起来的时候，电话那端却是一片嘈杂，有喧闹的音乐，有杂乱的人声，还有杯盏交错的声音。

我看了来电显示才知道是真真的电话，不用想也知道，真真又去酒吧了。

那天晚上挂了白帆的电话之后，真真并没有如她所说的那般第二天就给白帆打电话解释，她一直没有给白帆打电话，甚至连白帆的电话都不接了。

对于白帆不能来参加她的生日宴会，她很介意，这份介意随着她生日的临近越来越重，重到她无法说服自己给白帆和颜悦色地打个电话。

我也劝过很多次，可是她固执地不愿意搭理白帆，我也就只能听之任之，由着她胡闹。

我知道这段时间她一直去KTV或者酒吧，每次不等我问她，她都会坦白，而且理由是那样的光明正大，她说自己心里烦躁。

因为兼职的事情，我没办法总守在她的身边，也就只能一遍遍嘱咐她有事的时候给我打电话。

她的电话终于打来了，只是不是她打的，而且她现在身处在一片嘈杂之中，让我心底生出阵阵不安。

"真真，告诉我你在哪里。"我着急地对着电话那端喊，心底的焦躁几乎着了火。

电话那端依然嘈杂，我甚至听不到真真的声音，不祥的预感鬼魂一样地缠绕在我的心底，让我的呼吸都带着几分颤意。我不敢说话，安静地听着电话那端的声音，只听电话里传来流里流气的声音："我发现在'媚色'就属妹妹你最漂亮了。"

我不知道电话那端说话的人是谁，是不是对真真说的，我只注意到了"媚色"两个字。

"媚色"是这座城市里最大的酒吧，也是真真经常去玩的地方。

我跌跌撞撞地往"媚色"赶，慌乱和担忧密密匝匝地缠绕在心头，让我连呼吸都带着几分颤意。我焦急地看着出租车外的闪闪灯光，一遍遍地祈祷。

我走进"媚色"的时候，延续着这个城市喧嚣的灯光已经变暗，刚才电话里纷杂的重金属音乐也早已结束，只有悠缓抒情的调子从大提琴声中缓缓流出，只有满地狼藉证明着这个地方之前的热闹。

我看着三三两两的人，心底的担忧再也掩饰不住，我高声喊着真真的名字，心里一遍遍祈祷，祈祷能让我在这里找到真真。

可是我的喊声没有人应答，酒吧中的人只是好奇地看着我，衣着保守、面色着急的我在这里确实属于异类。

"真真，你在哪里？我知道你就在这里，快点出来，咱们回家！"我一边喊着一边往酒吧里走，里面的灯光已经变得灰暗，只能看得出模糊的人影。

"妹妹，你跟哥哥走，我绝对不会让你后悔的，听话，乖……"一个委琐的男声传入我的耳中，那声音有些熟悉，我不由得愣住，只是片刻，我就想起了电话中那个声音。

我循声望去，见一个像极了真真的人影趴在吧台上，在她的左右两侧各坐了一个男人，灰暗的灯光让我看不清那人的模样，只有他脖子上的金链子闪闪发光。坐在她右边的人染着红色头发，在侧面照过来的灯光下带着几分邪气。

"滚开！"那个像极了真真的女子猛的开口，说话的同时还将那红发男子搁在她腰间的手推开了。

红发男子的手被推开之后，他脸上还带着委琐的笑，不安分的手再一次落到了女子的后背上。

"拿开你的狗爪子！"我猛地高声喊道，因为在那个女子出声的时候，我已经可以断定她就是真真。

我说完话就跑到了真真的面前，敌视地看向那两个围着真真的男人。

"苏浅，是你呀，你终于有时间来陪我玩了，咱们喝酒。"真真显然已经醉了，看着我的时候脸上全是笑，全然意识不到她身边的危险。

真真说话的时候将酒杯递到我的面前，一副非要我喝下去的样子，我看着她，再看看站在身边的两个男人，一时间无所适从。

"她是我朋友，你们走吧。"我努力掩饰住心底的慌乱，高声喊道。

可是我的话落到那两人的耳中俨然变成了笑话，那个染着红头发的男子笑着走到我的身边说："嗯，妹妹，你和她是朋友呀，我们和她也是朋友，朋友们就该一起玩，你跟我们一起去玩吧。"

那人说完话不等我再开口，就揽住了我的肩膀。我想挣脱，却发现他将我的肩膀箍在怀里，我的力气根本无法与他抗衡。

"你放开我。"我伸脚踢那人，却被他轻松躲过，而另一个男人也早就拖起已经醉了的真真。

我看着他们两人心照不宣的笑，挣扎着被他们拖出酒吧，我几次挣脱都被他拽了回来，而真真醉得人事不知，任由那个男人拖着自己走。

我心中着急万分，不停挣扎，几次想喊救命，可是每次都是刚开口就被那红发男子捂住了嘴。

离酒吧越来越远，我心底的绝望越来越重。看着不远处醉眼蒙眬的真真，我一时间手足无措，更不知道等待我们的会是什么，我只能按下心底连绵不断的思绪，扫视着四周，寻找着逃脱的机会。

可是我们两个小女生，尤其是真真还醉着，要挣脱这两个人高马大的男人确实很难，尤其是现在，他们搂着我们的肩膀，举止很亲密的样子，落到别人眼中，我们更像是情侣。

就在我绞尽脑汁却无计可施的时候，一个熟悉的声音猛地在我耳边响起："放下她们。"

我循声转头，那两个男子也转过头看向声音的来源。

我没想到，这个时候开口救我们的竟然是郑烁。

灯光下的郑烁，安静地看着我们的方向，他的手上还拿着画笔，身后是倾斜的画板。

"你小子皮痒痒了吧？敢多管闲事！"带着金链子的男子很不屑

地看了眼郑烁，拽着怀中的真真就转身离开，全然不将郑烁放在眼里。

"哪里凉快哪里待着去，坏了老子的事，老子绝不会放过你。"红发男子脸上的慌乱一闪而过，继而强硬地对郑烁说道。

我看着郑烁，还想说话，却不想郑烁看着他们，缓缓地从兜里掏出手机，然后似笑非笑地说："我管不着你们的事，但是110会很愿意管这闲事的。"

说话的时候，郑烁已经拨了号码，他笑着看向面前的男子："你们如果不放了她们，我会跟着你们，直到警察到来。"

红发男子顿时愣住了，他显然没想到郑烁会搬出警察来威胁他们，他看了眼金链子男子，叫了声"大哥"。

我听得出他声音中的担心和忧虑，所以趁着这个间隙，我高声喊："救命啊，他挟持了我！"

我的声音很大，完全出乎红发男子的预料，听到我的话，他本能地将我推离，好像我是什么危险物品一样。

我成功逃脱，顺利地走到了郑烁的身边，郑烁嘴角闪过一丝得逞的笑意。他一边像老鹰护小鸡一样把我护在身后，一边高声说："放了我朋友，不然我可不知道她见了警察之后会说什么，你们是懂的，这种事情，可大可小。"

如果说刚才报警只是试探，那现在郑烁的话就是威胁了。显然，这威胁让面前的两个人多出了几分不安，他们看着我们，又转头看看真真，显然，到手的鸭子他们还舍不得放了。

但是，如果为了一口不知道能不能吃到的肉招惹到警察，就很不明智了。

"今天真晦气，遇到你这么个倒霉鬼。"金链子男子很不高兴地将怀里的真真推了出来。

真真一个趔趄，我赶紧上前，将她扶住。

不等我们再说话，那两个男子就转身离去。

郑烁见他们离开，才缓缓走到我们的身边，说："是不是坏了你们好事啊？"

还是半阴不阳的语气，不大的声音里能听出浓浓的嘲讽。我转头看着郑烁，不由得笑了一下："你如果不这么毒舌，我还真以为自己认错人了。"

郑烁愣住，有些尴尬地看着没有针锋相对的我，很久才说了一句："不早了，你们两个女孩子在外面不安全，早点回去。"

这是我认识郑烁以来他说过的最温暖的话，让我有些诧异。

"那这么晚了你在外面做什么，别告诉我就等在这里见义勇为。"我说话的时候还瞟了一眼郑烁身后的画板，画板上有一幅没有画完的素描。

"我得赚钱呀，你知道的，美术生要多花很多钱，我家穷，我不

能因为自己的爱好给父母增加负担。"郑烁看了眼身后的画板，漫不经心地回答我。

他坦诚的样子让我不由得艳羡不已。我看向他的画，确实将人画得惟妙惟肖，怪不得别人都说郑烁是绘画奇才。

郑烁说完话之后，我俩都愣在了那里，突然间不针锋相对了，竟然有些不适应。

"不早了，快点回去吧。"郑烁说话的时候很是别扭，显然他也不适应我们之间突然的和解。

"好。还有，谢谢你。"我低头答应，然后真诚道谢。今天如果不是他，我真的不知道等待我和真真的会是什么，可能我们要付出很惨重的代价，或者我们会面对很惨烈的结果。

我的客气让郑烁有些不好意思，他不再说话，只是低头将目光转移到他面前的画上。

在夜晚的灯光下，我看着一脸不羁的男生缓缓提笔，轻轻地描绘，心底竟然感动莫名，或许是因为他神色间的专注，或许因为他追逐梦想的执着，或许仅仅是因为他那份坦诚。

02

回家的路上，真真依然在喊着白帆的名字。我知道这些天她虽然一直表面上张牙舞爪，说着永远都不会原谅白帆的话，但是心底她最在乎的依然是白帆，她出去找点乐子，也不过是因为白帆道歉的诚意不够。

当然，这所谓的诚意是真真以为的，我一直认为白帆为不能来参加真真的生日宴做的道歉和弥补已经足够。

看着真真醉酒后依然紧皱的眉头，我只能一遍遍说服自己，这或许是因为情人之间要求格外的高。

只是醉酒的真真和我都没想到，等我们到家的时候，会见到白帆。

白帆一脸的风尘，带着几分狼狈蹲在真真家门口，见到我们回来，他慌乱地站起来看向真真，当他看到真真几乎是被我拖着走的时候，才一脸担心地看着我，着急而关心地问："真真怎么了？"

"喝醉了，这些天她和你闹别扭，就一直这么折磨自己。"我如实告诉白帆，目的也不过是希望白帆能够清楚真真对他的在意。

白帆看看我，又将目光转向真真，神色中是怎么都藏不住的怜惜。

"我来吧。"他伸出手，托住了真真的腰，然后以公主抱的姿势将真真抱在怀里，安静地看着真真，仿佛捧着自己心心念念的珍宝。

我笑着开门。

等到将真真放到床上，白帆才站起身，有些为难地说："苏浅，我想求你件事。"

我转头看着白帆，等着他说话。

他看看真真，再看看我，说道："今天晚上让我照顾她吧。"

我看着白帆眉宇间未散的疲惫，笑着说："你还是休息下吧，赶车过来肯定也没休息好。"

虽然和白帆不算很熟，但是我知道从他的学校到这个城市，坐车需要一天半的时间，他现在一脸的疲惫，一看就知道路上没有休息好，这种情况下再让他照顾真真，我有些于心不忍。

"苏浅，这次真真不愿意原谅我，你就让我照顾她一晚上，再说，她这个样子，全是因为我。"白帆的语气已经接近乞求，我听着都有些动容。

我没有理由不成全这对相互折磨的恋人，当然对他们更多的是由衷的祝福。

我离开了真真的房间，夜里却睡得并不踏实，因为我听到真真的房间一直有动静，白帆一直往返于卫生间和房间之间，我知道真真又吐了。

真真醉酒后的反应十分强烈，她醉酒厉害的时候先是谁都不认识，胡乱说话，然后就是安静地昏睡，最后是呕吐。

真真的呕吐与别人不同，每次都要将腹中的东西全吐出来才罢休，她自己曾经在看过自己的呕吐现场后说了四个字：惊心动魄。

只是这个惊心动魄的夜晚注定是白帆陪她度过。

第二天早上我醒来去敲真真房门的时候，房间里传来真真虚弱的请进声。

我刚推开门，躺在床上的真真就对我做了一个嘘声的动作，然后神情温柔地看向坐在她床边的白帆。

白帆坐在真真的床边睡着了，脸埋在真真的被子上，朝向真真的脸上全是温柔。

我看向真真，她也正看着面前的白帆，神色中的甜蜜好像怎么都化不开的蜜糖。

"苏浅，他……"真真指着白帆，眼中全是询问。

"昨天就来了，照顾你一宿，你知道有多'惊心动魄'。"对于能照顾真真一宿都没有厌弃的男人，我心中除了欣赏只剩下感动，当然全力帮他说话。

"苏浅，帮我去给他买点吃的吧，他一夜没睡，醒来的时候肯定会饿，可是我如果动弹，他肯定会醒的。"真真小声地请求，说完话之后依然看向白帆，她眼中的喜悦怎么都遮挡不住。

"和好了？"我笑着揶揄昨天还气势汹汹，说再也不原谅白帆的真真。

真真对着我害羞地一笑，然后说了声："快点去买饭，我饿了。"

我笑着离开，心底对真真的担忧荡然无存，我相信陪伴一整晚这

样温馨的回忆可以让真真和白帆回到从前。

我没想到安哲会找到我，他将我约到了学校教学楼的天台上，我犹豫很久最终决定去见他。

见到我的时候，安哲脸上带着几分不自在的笑，像是故意亲近，更像是讨好。

我转过脸去，不愿意看他，因为那天他那样坚定地站到了刘美妍那边，他的选择让我很失望。

当然现在他神色中的尴尬也不过是因为事件的真相已经曝光，他明白自己误会了我。

"我这么一个恶毒的女生是没有资格和你说话的，你还是先回去吧。"我对安哲说话的时候，眼中更多的是不屑，当时连最基本的信任都没有给我，现在奢求我的原谅，他有些太高看我了。

"对不起，当时我不知情，我只是看到她很可怜的样子，才……"安哲为难地看着我，或许是因为他从来都没想过我会和外表截然不同，这样的难缠，这样睚眦必报。

"安哲，当时可怜的似乎不是她吧？"当时的刘美妍名利双收，真正救人的我却无所适从，即使当时在小树林中张牙舞爪，那也是因为我可怜的缘故吧？

"我……"安哲愣住了，许久都没再说话。或许他已经明白，今天不管他说什么他都是错的那个，因为错在他选择相信刘美妍的时候就已经注定。

"苏浅，我来找你，是因为苏之行的事情。"安哲见我久久不说话，终于开口转换话题。

我看着他，嘴角的冷笑更重。

他约我来天台，为的就是这里人迹罕至，为的是不想让别人知道我们之间的关系吧。

或者，在这个高富帅的心底，苏之行也是一个让人头疼的存在，不然他不会直呼其名。

"我找不到他了，不知道他去了哪里，只知道他欠了很多债，现在有很多人在找他，还有人放出话，如果他不乖乖还钱，就废了他。"我将听到的威胁转述给安哲，同样是苏之行的儿子，我觉得他应该和我一起因为苏之行担惊受怕。

安哲没有说话，只是安静地看着我，温和的眸子里带着几分痛意，只是我不知道他这样的目光是因为我还是苏之行。

"我妈离开他，不仅仅因为他赌，他赌输了还打人，我妈怕他会打死自己，才逃了。"在安哲选择静默的时候，我好像找到了终于可以倾诉的人，或者说，我只是想让安哲清楚，因为苏之行这个父亲，我过得很不好。

安哲仍然沉默，看我的眸子依然安静，不带任何表情，却让我有忍不住继续诉说的冲动。

"我妈走后，他把房子也输了，现在我无家可归，他也是……"
我将这段时间自己的遭遇告诉安哲，只是这样让人痛心的事情，我以
为当我找到诉说的人时，我的情绪会濒临失控，我会声泪俱下，可是
面对安哲，我竟然是这样平心静气，说的好像是别人家的事情一样。

等我将一切都说完，安哲依然很平静，他安静地看着我，那深邃
的眸子好像能看进我的心里。

我不再说话，或者说在说完自己这段时间的遭遇之后，我与安哲
再无话可说。

安哲终于在长久的沉默之后开口，他说："这些，我一直知
道。"

我看着安哲，几乎不敢相信自己的耳朵。可是对于他的坦诚，我
又无话可说，只在他说完话的时候给他一个苦涩的笑容。

安哲将手伸进兜里，拿出了一个鼓鼓的信封，递给我。

我本能地躲闪，我不需要施舍，即使那个人是我同父异母的哥
哥。

"这不是给你的，是苏之行跟我要的。"他说的还是苏之行，一
个和我们血缘相连却又没多少关系的人。

"你直接给他，我不知道他在哪里。"我依然躲闪着他递过来的
信封，好像接过信封我就是接受了安哲的施舍。

"我知道，只是我不方便过去，他终究是你的父亲，你去一趟

吧。"安哲的声音中全是无奈，凝结在心底的苦涩渐渐地四散开来。

"他逼你了？"我轻声地问。苏之行的德行，我是清楚的，只是没想到他也会逼迫安哲，这个让他引以为傲的儿子。

"如果我不给他钱，学校里所有人都会知道他是我的父亲，这算不算逼？"安哲看着我，虽然是问话，但是嘴角全是无奈。

"这次你答应了，以后就……"我好心提醒他，他现在的所为就是引狼入室，他不该相信一个赌徒的话。

"他说这是最后一次，你知道我没办法……"安哲无奈地说，遇上这样的父亲，做子女的好像只有选择认命的份儿。

我不再说话，确实，遇上这样的父亲，唯一的办法就是认命了。

"他说自己现在连吃饭的钱都没有，过得很凄惨，所以麻烦你把这些送给他，不多，但是足够他支撑一段时间的生活了。"安哲说完就将钱塞进了我的手里。

接过信封的时候，我感受到了他手的温度，热的，让我的心软化。

"我替他谢谢你。"见安哲转身离开，我对着他的背影说道。

安哲听到我的话，猛地回过头来，对着我清浅一笑。他不再向前走，而是等着我上前，然后与我并肩离开天台。

走在他的身边，可以听到他的呼吸声，我才意识到，原来我们真的是兄妹。

"苏浅，其实我和我妈与他在一起的时候，并不比你和他在一起好多少。"安哲几不可闻的话在我的耳边响起，带着淡淡的愁绪，蓦地让我的心缩紧。

我看向他，他也看着我，两人相视无语，只剩下一抹苦笑。

我们一起走下楼的时候正好遇到了拿着书来上自习的庄辰，他有些诧异地看着我们，愣愣的，很久才上前打招呼。

"你们……怎么在一起？"显然他对于我和安哲在一起说话有些意外，连问出的话都有些不合时宜，毕竟我们之间并无关系。

我看向安哲，不知道要找个怎样的借口。

安哲却没看我，他神色淡定地看着庄辰，说了句："学生会有点事情，我找苏浅商量一下。"

安哲的话说得云淡风轻，好像之前我们互相倾诉的苦楚都不存在一般，他显然不想让别人知道我们的关系，只是不知道他在乎的是不想让人知道我是他的妹妹，还是不想让人知道他有段不堪的过往。

"什么事，不知道我能不能帮上忙？"庄辰看着我，眼中全是询问。

我知道他是关心我，如果是让我烦心的事情，他很愿意鞍前马后地帮我处理。

庄辰的话音刚落，安哲就紧张地看向我，我将他的慌乱全看在眼中。

不管是什么原因，安哲不愿意让庄辰知道我们的关系，所以我告诉庄辰："是关于寒假放假的事情，我们已经商量好了处理办法。"

庄辰又和我们说了几句话就去上自习了，留下我和安哲站在教学楼下，相视无语。

"安哲，我和苏之行不同，除了家里的钱财，我没有地方不如你，我不用攀附你，所以你不用这样担忧咱们之间的关系。"我的话说得坦诚。我不是苏之行面前那个苏浅，在学校里我也是人人羡慕的对象，所以我不需要用与安哲的关系来提升自己的身价，而刚才安哲那样躲闪的态度，显然是以小人之心度君子之腹。

安哲尴尬地看着我，好像没想到我会突然点明他的心思。

他讷讷地想解释，我却连看都不看他就转身离开，他的解释和他的用心一样，与我没有什么关系，我根本不在乎。

03

苏之行打电话给我的时候，我正愁着怎么把钱给他送去，他告诉安哲的那个地址我去过了，却没找到他。住在那里的人说是讨债的人发现他躲在那里，他知道后就逃跑了。

"苏浅，你是不是想把我儿子给我的钱贪污了？你和你妈一样都是没良心的，想饿死我是不是……"不等我开口，苏之行在电话那端就是一通责骂，好像怨妇一样倾诉着自己现在流亡生活的苦楚。

在听到他带着怒火的声音之后，我就挂断了电话，他现在心情不好，我不想做被他骂的那一个。

显然，苏之行也是知道我心思的，过了不久，电话再次打来。

"浅浅，爸爸现在真的身无分文，连吃饭的钱都没有了。浅浅，你总舍不得爸爸挨饿吧？"

这一次他的语气和缓很多，甚至轻声叫我浅浅，谄媚的感觉好像怕我把安哲的钱私吞一样。

"明天是周末，我给你送过去。"不管是气势汹汹的苏之行还是谄媚的苏之行，我都懒得搭理，因为我什么样的态度都不可能阻挡他继续堕落下去，所以言简意赅地告知了他时间，让他在那里等着。

说完我就准备挂电话，因为我和苏之行实在没有什么可聊的，却不想我刚挂断电话，苏之行的电话又打了过来。

"还有事吗？"除了安哲给我的钱，我好像与苏之行已经再无关系，所以对他再次打来电话感到不解。

"苏浅，你还是今天下午送过来吧，我今天还没吃饭呢，我没钱。"可能是意识到我不可能私吞安哲给的那笔钱，他的语气再一次变得理直气壮。

我听着不由得笑了，没吃饭还这样大的力气颐指气使，我真是该让他尝尝挨饿的滋味。

"我没空。"这三个字，算是我对苏之行的回答。说完，我就挂断了电话。电话再次锲而不舍地打过来的时候，我连接的心情都没有了，和苏之行的通话任何时候都不会让我愉悦。

虽然嘴上拒绝了苏之行的请求，但是下午放学之后，我仍然去了苏之行告诉我的那个棚户区，我还是不忍心看他挨饿。

虽然我之前的家很简陋，但是到了棚户区我才发现，之前我的家就是天堂。

垃圾零乱地散落在路边，路两边的房屋简陋得都能感受到外面的寒风，房屋里的人衣着破烂，有的懒散地躺在门口，看到我的时候露出怪异的笑容，让我不由得害怕。

我只知道苏之行在这附近，却不知道他在哪个房间里，我一家家地看过去，走到一半的时候就忍不住恶心想吐。因为在这寒冬的天气里，我竟然闻到了浓浓的食物发霉的味道。如果不是亲眼所见，我都不敢相信这样的环境里还可以住人，当然更不相信一直爱惜形象的苏之行会选择住在这样不堪的地方。

不过我没想到的事情显然不仅仅是这一件，我更没想到都窘迫到现在这个地步了，他竟然还在赌。在我进门的那一瞬间，他正兴奋地喊"胡了"，脸上兴奋的神色在看到我之后绽放得更加肆意。

"苏浅，把钱拿过啦，你看我又赢了。"苏之行兴奋地看着面前的麻将牌，好像一个在炫耀战功的将军。

我冷眼看着他，许久都没有回应。

他感觉到了我的异常，转身看着我，终于在兴奋中回过神来，急忙问我："钱带来了吗？"

"你都没钱吃饭了，还有钱赌博呀？"想着为了来给他送钱我无奈推后的海量作业，心底的怨愤越来越重，对苏之行说话也愈发不客气起来。

苏之行讪讪地看着我，停顿了片刻才说："你说不给我送钱，我总不能饿死自己，所以我就借了点钱，赚点，够自己吃饭的，这东西比儿女孝顺。"

我看着苏之行手里拿着麻将牌，一脸陶醉的样子，转身就走。

苏之行在沉醉中缓过神来，才意识到又惹怒了我，他赶紧追出门，追着我走了好远，等我气渐渐消了，他才说："女儿，你总不忍心你爸爸饿死吧，快点把钱给我吧。"

"麻将牌孝顺，你让它给你送钱呀。再说你不是胡了吗，看这样一时半会儿是不缺钱的，所以你先回去享受生活，等没钱享受了再和我们说。"我揶揄着苏之行，也努力压制着心头渐渐喷涌的怒火。

"好女儿，你总不能看着你爸爸被逼债的人逼死吧？"苏之行又故作可怜。

看着他为了钱全然没了尊严的样子，我真想上前踢他两脚，如果他不是我父亲的话。

"苏之行，你真够不要脸的。"我再也控制不住心底的鄙夷，恨恨地说道。

苏之行不说话，只是舰着脸看着我，一脸讨好，让我气愤之余却不知道说什么。

"苏浅，这钱是安哲给我的，你不过是帮个忙，你这样我会告诉安哲，你不想给我，想据为己有。"苏之行见我面色依然如寒冰一般冷，显然心底更为急切，然后藏在心底不敢示人的龌龊心思就忍不住表露了出来。

他的话让我瞬间气极，却不知道要怎样反击，遇到这样的父亲，你是没有能力和他讲理的。

苏之行脸上依然是讨好的笑容，如果不是我亲耳听到，真的会怀疑刚才说出那样话的不是面前这个衣冠楚楚的浑蛋。

就在我酝酿着用什么词来形容苏之行的时候，他已经把手伸向我的衣兜，显然是见我不想给他钱，他要用抢的。

见他这副样子，我终于忍不住推开他的手，然后将兜里的钱拿出来扔到了他的脸上。

苏之行见到我扔出的信封，刚才还一脸讨好的样子瞬间就消失了，他所有的心神都被那个信封吸引，也不管自己是在街上，更不管他的女儿我就站在他的面前，他贪婪地将钱握在手里，然后朝大拇指上吐了口唾沫，就认真地数起钱来，那专注的样子让人恶心。

我不再说话，因为我明白，这个时候他不会注意别的，他的眼里

早就只剩下钱了。

"才两千块？苏浅，你们打发叫花子呢？"苏之行数完钱之后脸色就变了，他有些恼火地质问我，好像是因为我，他的钱才变少了。

"这钱不是我给你的，我也没私吞一分一角，不信的话你可以去问安哲。不过关于是不是打发叫花子，我倒是有句话要告诉你，这钱打发了叫花子我们还能听句感谢的话，给你，就只听你质问钱为什么这么少。"虽然说话的时候，我义正词严，却根本挡不住心底的哀伤。

我们的父亲连叫花子都不如，而我们在他的眼里只是一个要钱的工具，他的心里早就只剩下自己了。

苏之行显然没想到我会气愤地说出这样的话，不免露出些许心虚的表情。

"我也没说什么呀，行了行了，这次算我不对，下次记得多给我些，这些钱太少，都不够我还债。"说到最后，苏之行甚至有了些哀怨，好像他欠债太多和我有关系一样。

听着苏之行打算着下次的话，我忍不住说："你和安哲说过这是最后一次了，这么快你就忘了呀……"

苏之行愣愣地看着我，很久都没反应过来。我怕等他反应过来会再说出让人抓狂的话，趁着他发愣赶紧逃离。

如果有选择，我宁愿这辈子都不要再来这里。

离开棚户区之后，我突然觉得心底愤懑不已，不知道要如何才能纾解，只能任由自己在这个熟悉又陌生的城市里四处游荡。

鬼使神差般，我竟然再一次走到了不久前我和真真被人挟持的路上。在那条路的不远处就是一个小广场，我走到那里，坐在了花坛边，看着形形色色的路人，突然间悲从中来，眼泪簌簌地落了下来。

"你原来还会哭呀？"熟悉的声音里全是惊讶，我抬头一看，竟然是郑烁。

"你怎么在这里？"虽然最盛气凌人的一面被郑烁看到过很多次，但是这样脆弱的我被他撞上还是第一次。

"我一直在这里。你不是来找我的呀？我以为你让我看多了嚣张跋扈的一面，今天是来给我表演脆弱的，原来不是。"郑烁有些失望地说，说话的时候嘴角的笑意却掩饰不住。

"别自作多情了，找你，就你这样的，真敢想。"我一反之前与郑烁的针锋相对，笑着对他说。

郑烁也不说话，只是笑着看我，好像什么心思得逞了一般。

只是瞬间我就明白过来，原来他刚才那样说话是为了让我转移注意力，几句话下来我已经全然忘记了刚才的失落和茫然。

我看向郑烁，也不说破他的心思，只是好奇地问："你每天都在这里？"

"对呀，来这里的人喜欢素描、油画之类的要多一些，所以你现

在待的是我的地盘，你最好交点保护费，不然再有人要劫色，我可不会英雄救美了。"

郑烁认真说话的语气让我不由得笑了，他是个很会聊天的朋友，他清楚哪句话能让你高兴，哪句话会让你失落。

"我可不喜欢这些东西，要不黑乎乎的，要不花里胡哨的，看不出哪里美。"我轻声叹息，不想让郑烁的心思得逞。

郑烁也不点破，只是命令我坐着不许动，他说话的样子很郑重，我不知道他的心思，只能听他的指令。

郑烁不再和我说话，任由我安静地坐在花坛边，他自己忙着作画。

看着他认真的样子，我都怀疑他是不是把我耍了，让我坐在这里只是一个恶作剧。

可是郑烁在忙着的间歇还会和我说两句话，一副不是耍我的样子。

因为郑烁见过我太多嚣张的样子，所以面对郑烁，我一点儿都不掩饰，和他聊自己家里的事，聊之前刘美妍的事。

"说到刘美妍的事，你还真得谢谢我。"郑烁一点儿都不谦虚，说完还略带得意地看着我，好像要等我一句感谢的话。

我有些不解地看着郑烁，上次郑烁帮了我和真真，说几声谢谢我都是乐意的，只是为了刘美妍的事情感谢他，我却一头雾水。

"你先好好谢谢我，然后我告诉你为什么。"郑烁一脸郑重，成功地勾起了我的好奇心。

我忍了很久，终于忍不住说："好吧，我谢谢你还不行？"

"看你这么不情愿，算了，我告诉你，你再心甘情愿地谢谢我。"接着，郑烁缓缓地和我说了起来。

原来那天我和刘美妍的对话，他从头听到尾，他在那天揶揄我一顿之后转身就把我们的对话说了出去，怀疑的声音出来之后，才有目击者出来证实。如果没有当初私下的流言，怕是没有人愿意出来为我做证，那样的话，刘美妍就能得逞了。

听郑烁说完，我好奇心再起。我问他为什么要帮我，因为那时候的我们确实算不上友好，他算计我倒在情理之中，他帮我，我都得怀疑他是不是存了坏心思。

见我笑得诡异，郑烁脸上的得意更浓，他说自己只是心存正义，那大义凛然的样子像极了一个勇士。

"那我真得正儿八经地谢谢你了，感谢你的心存正义，感谢你用流言击垮了一个虚伪的人。"我见郑烁得意，就笑着恭维他。

他明知道我是在恭维，却还是照单全收。

"其实我只是不愿意看着虚伪的人得意罢了，这样的事情我可不止做了一件，你听说过隔壁班孙晨的事情吧……"

等到我看时间的时候才知道已经是晚上十点多了，我看完手表，

心底就开始感叹，原来时间也可以过得这样快。

"过来看看。"郑烁见我脸上有了几分着急，笑着招呼我去他画板前。

我早就等得不耐烦了，他刚开口我就飞一样地跑向他，只是当我看到画板上郑烁的画时，整个人都僵在了那里。

郑烁画的那个人，和我有着相同的眉眼，只是神色中不如我表现得这样温婉，那个人脸上更多的是痛楚和坚强。

"不错，我以为你会把我画成怨妇。"到这个时候我才明白郑烁让我坐在花坛前的用意，只是这幅画上呈现的精神面貌却不像是我的，或者说，他画的是别人看不到的那个我。

"你怎么可能是怨妇，充其量也就是个毒妇。"郑烁轻描淡写地说，我却明白他话语中的意思。

我和郑烁的交集并不多，但巧合的是郑烁遇到我的时候，都是我原形毕露的时候，所以他眼中的苏浅与别人眼中那个温婉可人、奋发向上的女孩子不同。只是我没想到在他的眼中，我的张牙舞爪，我的出言不逊和恶劣个性竟然成了别样的坚强。

能被他这样定义，我真的很高兴，心底暖暖的，觉得终于又多了一个理解我的人。

他将画给我之后就开始收拾东西，等我从震惊中缓过神来，他已经收拾好了站在我的面前，不羁地笑着说："我送你回去。"

"不用。"我本能地拒绝。

"我只是捍卫我的劳动成果。"郑烁指了指我手上的画，然后若有所思地说道，"留好这幅画，等我哪天一举成名，你会因为这幅画成为千万富翁的。"

郑烁说得很认真，却成功地逗乐了我，我顺从地跟在他的身边，听他描绘自己未来的样子，看着他兴奋的脸，我的情绪都被点燃了。

郑烁陪我走了一路，不算很远的距离，却短得好像只有几步，到了真真家楼下我才意识到到家了。

我有些意犹未尽地看着郑烁，轻声说着"谢谢"，然后挥了下手中的画卷，郑烁不由得笑了。

"得意什么呢？我是谢你给我画画，可不是谢你送我回来。"我故意转移重点，将他送我回来的事情淡化。

郑烁显然知道我的心思，他笑着说："我知道。"他将话音拉得很长，我清楚他是笑我不吃亏。

他找个理由送我，我就找另外的理由谢他，两人都不提送我回家的事，好像送我回家是他应尽的责任。

这次，我看着郑烁离开。

走了很远，郑烁猛地回头，看到了路灯下的我。

我看着他，向他挥了挥手中的画卷，然后说了声："郑烁，谢谢你今天晚上陪我。"

　　郑烁皱了下眉头，很久之后，才幽幽地说了句："你搞错了，本来我今晚上会很无聊，你帮我找了点乐趣。"

　　郑烁说完就走，再也没有回头。

　　看着他远去的背影，我心底温暖不已。

第四章

CHAPTER 04

寂寞

01

那天之后，我和郑烁俨然成了朋友。

当然他依然毒舌，不会放过任何一个贬损我的机会，我却喜欢找他，哪怕只是听他说说话，都觉得世界变了很多，不再如原先一样沉郁。

每次我出现郑烁都会很高兴，看得出来，他现在也很喜欢我这个朋友，只是喜欢的方式有点特殊，总是用语言来攻击我，甚至为我取了外号，叫"牙膏"，而且还是"两面针牙膏"。

我几乎习惯了与郑烁聊天，每天放学后我会绕路经过郑烁画画的小广场，每天做完作业后跑步，终点也是郑烁画画的小广场。

每次郑烁都会笑着迎接我，闲的时候也会画我，只是没有了第一次的郑重，他总是恶作剧，甚至在画纸上为我画上媒婆痣。

因为我的出现，郑烁每天都有了新任务——送我回家，他的理由还是那样的冠冕堂皇——保护自己的劳动成果，只是我不明白他的劳动成果是什么，总不会是我吧？

我想了很久都觉得自己没让他劳动过，直到后来一次在回家路上我多番威逼利诱，他才告诉我，他保护的劳动成果就是那天自己在两个流氓手中救下来的成果，其实他的意思已经那样的明显，他就是要保护我。

只是我和郑烁在自得其乐的时候怎么都不会想到，关于我们两个之间的流言已经甚嚣尘上。

世界就是这样奇怪，如果是我和庄辰恋爱，所有人都会觉得我们是合适的，因为最美丽的女孩子就应该配最优秀的男孩子。但是我和郑烁在一起只是聊聊天，就成了别人嘴里的谈资。

我没想到的是庄辰会找到我，显然我和郑烁的关系让他感觉到了危机。

"我对郑烁没意见，我只是觉得……"庄辰欲言又止，不知道怎么表达他此刻的心思，他做惯了好孩子，连说人坏话都有些不适应。

我只笑着看他，心底却已经猜出了他要表达的意思。

庄辰显然是误解了我笑容的含义，他好像受到鼓励一般，跟我说："郑烁不是什么好学生，跟个混混一样，你还是不要和他做朋友的好。"

庄辰神色认真，显然这是他的心里话。但是他的心里话却刺激了我，我有点生气地质问他："你为什么会觉得郑烁不好？你又不了解他。"

　　"他经常逃学，而且经常和一些混混混在一起，你如果和他在一起，我担心他会把你带坏。"庄辰提到我的时候，神色中的担忧怎么都遮挡不住。

　　我只是看着他，一时之间不知道要说些什么，只能任由心底的不悦慢慢翻涌。

　　"苏浅，我听说郑烁经常逃学，而且撒谎，他在学校里看着还算个听话的学生，其实出了校门之后就变得流里流气，你看他的头发，那么长，还每天都乱糟糟的，咱们老师都说那是鸡窝头。"见我不说话，庄辰只能硬着头皮说下去，将自己心底和别人嘴里郑烁的不好都一股脑儿的说了出来。

　　我没想到我的平静竟然会换来庄辰对郑烁的攻讦，和郑烁这么多天的相处，我要比庄辰更清楚他是什么人，所以庄辰的话让我很不高兴。因为心底翻涌的心事，我终于还是忍不住冷了脸。

　　"苏浅，你不要生气，我没有别的意思，我相信你和郑烁之间没什么，我只是……"庄辰见我脸色变了，赶紧转移了话题，神色中带着几分哀求，显然他担心我多心。

　　"苏浅，我……"见我不说话，庄辰脸上的紧张更盛。

　　"我和郑烁是很好的朋友，我对他的了解比你要多，我更知道他是什么样的人。"我的意思很明确，我很明白郑烁的为人，刚才庄辰说的话我不相信。

"我说的都是真的，我只是担心你会……"庄辰慌乱地解释，说话的时候都有些手足无措。

我看着他，认真地告诉他："谢谢你的关心，我真的没事，郑烁真的是……好人。"

我想了很多个词语形容郑烁，最后说出来的竟然是好人，这是连我自己都没想到的。

庄辰见我这样说话，也不由得一愣。

"他真的很不错，只是可能你不屑和他接触。"我再次重申自己对郑烁的认知。

庄辰有些不敢相信我的话，他带着质疑看向我，只是我懒得向他解释了。

我和郑烁的关系本来就是我自己的事情，我喜欢郑烁这个毒舌的朋友，我不希望因为庄辰眼里郑烁的不堪而疏远郑烁，因为我喜欢和郑烁在一起的时光，因为在郑烁面前我不用伪装自己，而他在我面前也是自在的，没有任何隐瞒，他坦诚的眸子让我觉得自己是生活在阳光下的。

这几日的相处让我清楚，郑烁其实就是另一个我自己，或者说，郑烁那样洒脱的态度是我一直可望而不可即的理想。他君子一般坦荡的行为让我羡慕不已，因为我不敢将内心深处那个真实的自我展现给别人。

"苏浅，我不知道自己说得对不对，我希望你能清楚，我是好心，我希望你好。"庄辰显然还在为我突然转变的态度不安，他小心翼翼地跟我解释，我却懒得再听下去。

"我知道。"我面色平静地回答，然后转身离开。

我看得到庄辰的紧张，也明白他关心则乱，但是郑烁，那是我的朋友，在心底我不愿意任何人置喙他。

即使流言纷纷也阻挡不了我去找郑烁，不知道从什么时候开始，郑烁已经成了阳光一样的存在，只有和他在一起的时候我的笑容才是发自内心的。

我俩关系变得融洽之后，我们会在放学的时候一起离开学校，他去广场，我回家。只是我没想到就连回家路上这段静谧时光都会被人打扰。

放学的时候，我在校门口等郑烁，他在很远处就冲我打招呼，我正准备迎向他的时候，我的身边突然跑过几个黑衣人，风一样奔向郑烁，在我没反应过来的时候，奔过来的那几个人已经把郑烁架起来，拖出了学校。

我慌乱地看着被夹在人群中的郑烁，见他咬着牙都不开口的倔强样子，我心里的着急更浓。

可是我能做的只有跟在他们的身后，看着郑烁在离开学校门口之后才开始拼命挣扎，看着几个人对反抗的他拳打脚踢。

　　我的心揪到了嗓子眼儿上，却无能为力，我紧紧地跟着他们，想寻找机会将郑烁救出来。

　　我知道今天只能智取，凭我一个弱小女子的能力如果冲上去只能是鸡蛋碰石头，我眼睛连眨都不敢眨，却只能眼看着他挨打，看他努力地保护自己的右手，好像父母保护自己的孩子。

　　等他们将郑烁拖到了一条胡同里，开始问他什么时候交钱，只是不等郑烁回答，他就挨了一脚。

　　郑烁不回答，只是低头抱住自己的右手，任由他们对他拳打脚踢，我远远看着，心底更加着急。

　　可是情急之下我哪里还能想到办法，只能缓缓走到胡同口，佯装打电话报警。

　　"是110吧？我看到庄家胡同有人打群架，好像有人流血了，很严重……"我故意大声说话，让胡同里抓着郑烁的人听到。

　　这曾经是郑烁帮助我的时候用的方法，只是不知道今天能不能成功地将他救出。

　　或许是我的期待感动了上苍，就在我挂了电话偷偷躲着的时候，刚才还踢打着郑烁的几个人停止了自己粗暴的动作，开始对郑烁说话。

　　"三天之内把保护费交上，不然别怪我们大哥对你不客气。"一个蛮横的声音在我的耳边响起，我的心因为他的话变得安定，刚才的

电话还是成功震慑了他们。

他们又骂骂咧咧说了很多，之后还意犹未尽地又踢了郑烁一脚，然后才离开。只是走到胡同口的时候他们开始扫视周围，在看到我的时候神色一滞。

我刚放下的心再次提了起来，只是他们没说话就扬长而去，几个人走在街上，依然气势汹汹。

见他们走远了我才敢跑向郑烁，他依然趴在地上，看起来伤得很重。

我走到他身边才看到他脸上、身上全是血。

"郑烁，你没事吧？"见郑烁不说话，我担心地喊，说出话来才发现我的声音里都带着哭腔。

或许是发现我快哭了，郑烁缓缓地抬起胳膊，触碰了下我的身体，很久之后才轻声说："别哭，我没事。"

我知道他这样说是安慰我的，他的身上流了这么多血，怎么可能没事？

我扶起郑烁，见他不顾脸上的血对我笑，我竟然不知道要说什么才好，只是帮他擦着脸上的血，祈祷他身上的伤不重。

郑烁听话地任由我为他擦拭，一遍遍回答着我的询问，脸上竟然还带着笑意，当他看到我关心地看向他的时候，还不忘说一句："以后你不会再理我了吧？"

他的话说得没头没脑，我不由得愣住，不知道他为什么说这样的话，即使在流言甚嚣尘上的时候我都继续和他交往，怎么会因为他挨打就疏远他？

郑烁看我没明白他的意思，才轻声解释："你不是为了报恩才和我做朋友的吗？现在你是我的恩人了。"

郑烁解释完了，我却愣在了那里，不知道要怎么解释。那次他帮了我只是我们成为朋友的契机，并非我们成为朋友的原因，我觉得我有必要和郑烁解释一下。

可是不等我解释，郑烁就再次开口："傻瓜，我和你开玩笑的，再说即使你真的是为报恩和我成为朋友，我也不在乎，现在你帮了我，对我有恩，我会用缠着你的方式和你说话、聊天、做朋友。"

郑烁的话说得很认真，我相信那是发自肺腑的，我心中也一片感动，因为我知道他是真的在乎我这个朋友，和我在乎他一样。

"先别说这些没用的，咱们去医院检查一下。"我扶起已经渐渐缓过神的郑烁，认真说道。

"不用，咱们随便找个诊所看一下就可以了，我没事。"郑烁一边说一边走路，好像就是为了验证他没事这句话，只是他走了两步之后就忍不住轻声呻吟，这让我更加不放心了。

可是我拗不过郑烁，身体是他的，他坚持不去医院我没有任何办法，只能扶着他找附近的诊所。

好在郑烁受的全是皮外伤，大夫检查一遍之后说没什么大事，只是给伤处上了点药，在他脸上的伤口上贴了一个创可贴。

看着一贯以英俊帅气自诩的郑烁鼻子上贴着创可贴对我笑，那憨憨的样子竟然说不出的可爱。

"好在伤得不重。"我轻声地叹了口气说道。

郑烁看着我，突然说了一句："幸亏没伤到右手。"

我不明白为什么他这么在意自己的右手，在被打的时候他拼力护住的是自己的右手，医生检查，他最担心的也是右手，现在如释重负得意显摆的时候也是显摆他没有受伤的右手，现在看来在他的意识里，身体都不如右手重要。

我上前拍了一下他视若珍宝的右手，好奇地看着他，等着他给我一个解释。

郑烁没有说话，只是做了一个画画的动作。

我不由得感动莫名，很久之前我学过一个词——赤子之心，不知道为什么，我觉得这个词用到郑烁身上特别合适，尤其是看着他这样兴奋的笑脸。

也是在这一刻我明白了为什么别人都说郑烁是绘画天才，他的才气更多源自他对绘画的敬畏，对自己这只手的珍视。

"他们让我三天之内把保护费交上，如果这只手不能动了，那三十天我都交不了保护费，也没办法赚钱养我自己了。"郑烁好像知道我是怎么想的，故意将自己说得世俗，说完之后还笑着看我，让我不知道怎么应对。

"郑烁，我一直没有告诉你，其实你很帅。"我不知道再说些什么表达我此刻的心情了，对着他受了伤的脸，尤其是鼻子上斜着贴的创可贴，我不由得赞叹。

郑烁意识到我盯着他脸上的创可贴，很久才故作郁闷地说了一句："你的意思是，我破相等于整容。"

郑烁的话说完，我不由得愣住，随即，我俩相视而笑，这笑让周围的空气都变得温暖。

02

白帆离开后不久，真真脸上挂着的幸福的小女人的笑就再次消失了，每次看到我都唉声叹气，像极了一个怨妇。

"苏浅，他这周又不能回来了。"在我准备睡觉的时候，真真突然闯入了我的房间，很是郁闷地告诉我。

"他也有自己的生活，即使再爱你，也不可能每周都回来陪你。"我不由得为白帆辩解，如果我记得没错，白帆已经连续三周昼夜兼程地赶回来，只为陪真真过周末。

"可我是他生活的另一半，周末，他应该来陪我的，他周五只有两节课，他完全可以周五出发，可他每次都周六才来。"说到这里真

真还满腹怨言，看向我的时候神色中全是可怜。

看着被宠成小公主的真真，我不由得叹了口气，再多的劝说话语都留在了心底。

因为我比谁都了解面前这个朋友，她的父母一直在国外，她最缺的就是被人关心，最害怕的就是寂寞，可这样需要人陪着的真真竟然选择了异地恋。

"真真，异地恋和别的恋爱不同，你得多为白帆想想，他真的很在乎你。"我都不记得这样的话说了多少遍了，现在说出来都没有多少感情可言了，因为真真不会听我的，即使她表面上答应了，转过身去也不会理解白帆多少。

我能祈祷的也就是白帆喜欢的就是真真这大小姐的性情，希望白帆能因为心底对她的喜欢而包容她的任性，理解她的无助和寂寞。

"和白帆多打打电话，不要总是要求他来看你，你也可以去找他呀。"真真听了我千篇一律的话，神色中的委屈更重，看着她楚楚可怜的样子，我终于还是忍不住给她建议。

虽然没谈过恋爱，但是我很清楚恋爱是两个人的事情，既然享受了爱情的甜美，那真真就也应该有付出，尤其是在白帆付出已经足够多的情况下。

"我才不要，他不来就是不爱我。"真真全然不顾我心底的担忧，很蛮横地说。

"他不来，你周末也没什么事，去找他多好。"见真真又犯了刁蛮任性的毛病，我忍不住再次开口。

但是我一再鼓励她去找白帆的话语让她不高兴了，在我说完之后，她赌气一般质问我："谁说我周末没事，我周末有事好不好，没有白帆我一样会很忙，陪他已经是给足他面子了。"

说完也不等我再开口，她就怒气冲冲地离开了，临走时看我的眼神都是怨毒的，好像我已经背叛了我们的友情。

我知道真真只是和我赌气而已，她现在满心都是白帆，不然也不会这样的不高兴。

只是我没想到真真周末真的有安排，而且安排在她的家里。

周六晚上我做完兼职回到家，就见家里杯盘狼藉，一群人在客厅里鬼哭狼嚎般唱歌，他们"惨烈"的声音，我在楼下都听到了，只是没想到这声音竟然来源于真真的家。

见我在门口突然出现，在房子里胡闹的人都愣住了，但只是瞬间他们就恢复了之前的状态，只有一个年龄不大的男生拎着酒瓶子歪歪扭扭地向我走来。

"美女，既然来了，就一起喝一杯。"说完话他就站不稳扑向了我，我躲过他，却闻到了他身上浓重的酒味。

我很讨厌他这样吊儿郎当的样子，所以躲闪是本能反应，但是这本能的反应却激怒了那个男生，他猛地扑向我，然后将我揽入了怀中。

我拼命挣扎才挣脱出来，怒气冲冲地看着他，质问道："你想做什么？"

那个男生显然没想到我会有这么激烈的反应，我说完话之后他就愣住了，看着我，很久才转身对不远处的真真说了一句："真真，你这朋友玩不起呀！"

真真站起来一副要和我解释的样子，可是不等她站直身子，她身边的男子就将她拽到了沙发上，笑着说："不是什么大事，不过是玩玩而已。"

坐下的真真很尴尬地看着我，我瞪了她一眼就回了自己房间。

不久，客厅重现喧闹，歌声、酒杯碰撞声、暧昧的情话都像魔音一样传入我的房间，折磨着我的神经，我没想到他们竟然这样肆无忌惮。

在他们的声音中我还感觉得出他们中很多人对真真的恭维，那谄媚的语气，即使隔着一堵墙，仍让我觉得像吃了一只苍蝇一般恶心。

我是在他们制造的噪音中陷入睡眠的，等我睡醒的时候客厅已经很安静了，我打开房间的门看到真真睡在一片狼藉的沙发上，衣服穿得很单薄。

我拿了衣服盖到真真的身上，然后收拾他们弄乱的家。

我收拾了一个上午才将家收拾干净，等我将午饭做好放到餐桌上的时候，真真已经醒了。

看着已经干净如初的房间，她的神色中多了几分感动。

她拽着我的手想说话，我却挣脱了她的手，很郑重地说："真真，我们有必要谈谈，昨天那些人……"

昨天真真目睹了我的尴尬，她应该明白我今天的意思。真真脸上闪过一阵慌乱，但只是片刻就恢复了平静，然后告诉我："他们人都还不错。"

我几乎不敢相信自己的耳朵，眼睛一眨不眨地盯着真真。

她显然也知道自己的话说得多么荒唐，讪讪地看着我说："你放心，我们只是一起玩玩，没别的事情，他们没有办法和你相比，你是我最好的朋友。"

"真真，离他们远点对你好，你说过我是你最好的朋友，我不会害你。"我语重心长地劝说，希望她能理解我的良苦用心。

我的话让她很失落，她叹了口气，幽幽地说："他们能陪我玩，和他们在一起我很高兴。"

显然她不愿意听我的劝告，还是坚持要和他们来往。

"那以后不要带他们来家里了，被邻居看到不好。"我知道自己管不了真真，只是试探着问道，却不想真真还是果断地拒绝了我，她说回到家她才更觉得冷清，她希望我能理解她。

我不知道再说什么，家是真真的，朋友也是真真的，我没有理由阻止她。

　　和真真多年朋友的经验告诉我，她答应的事情不一定做到，但是她拒绝的事情往往都会贯彻得非常彻底，比如说周末请朋友回家。

　　不出我的预料，第二个周末，之前那群人又来到了真真的家里，又是一夜狂欢，又是杯盘狼藉。我躲在房间里听着真真兴奋的声音，心底的担忧越来越重。

　　可是我无力改变眼前的一切，我能做的也就是在那群人离开之后，为疲惫的真真倒杯热水，在他们玩得特别过分的时候，喊真真进我的房间暂避那不堪的场面。

　　我明白真真是在赌气，和白帆赌气。我甚至可以预料事情的结局是什么样子，白帆出现，然后这混乱不堪的聚会才会无疾而终。可是白帆却好像消失了一般，连他的名字都很少从真真嘴里说出来。

　　我期盼着白帆的到来，因为只有他能制止真真的任性。作为她最好的朋友，我希望她好好的，更希望她能少接触那些酒肉朋友。

　　白帆没有时间来找真真，闲着的苏之行却多次骚扰安哲，让他心烦不已，无奈的他只能来找我诉苦。

　　我看着一脸苦楚的安哲，不知道要怎么劝说才好，劝说他不要给苏之行钱还是劝说他多给苏之行点儿钱？

　　所以面对安哲，我无话可说，即使他做出了虚心讨教的姿态，他以为我和苏之行父女多年，我终归会有一些"斗争经验"。

　　我确实有斗争经验，只是除了真真和郑烁，整个学校的人恐怕都不会相信，当然也包括安哲。

"如果我说我最好的办法是骂他，既然他不听话那就骂，不管骂的效果如何，最起码我是出气了。"我笑着对安哲说实话。

可是安哲显然根本就不相信我，他只是笑着看我，好像我说的是多么可笑的话一般。

"我真的没钱了，上次给他的钱是我从生活费里攒下来的。"安哲见我脸上全是笑，心底更笃定了我知道对付苏之行的办法，所以说话的时候也愈加谦恭。

"我唯一的办法就是上次你不给他钱，不然这次他不会再找你。"我认真地告诉安哲，苏之行会再次狮子大开口，这在我的预料之中，当初我曾经提醒过安哲，当时安哲神色也很无奈，只是他可能没想到第二次会来得这么快，快到他来不及再攒生活费用来接济自己不争气的父亲。

"说这话晚了，你帮我想想办法，他也是你的爸爸。"或许是因为我脸上的笑容，安哲更不相信我说的话，只是一遍遍地催着我。

看着安哲着急的样子，我烦闷的心突然间愉悦万分，我只悄声和安哲说了一句："我可不担心他四处对人说我是他的女儿，因为这是事实。"

如果有选择，安哲显然是不愿意让人知道他是苏之行的儿子，所以苏之行才能用这个理由成功获得自己所要的钱财。苏之行虽然在赌

桌上迷糊，但是对付自己的子女，他是个绝对的高手。

听到我的话，安哲的脸就变红了，这才是他的心病，如果没有这个作威胁，他才不会绞尽脑汁想着怎么应付苏之行，更不会在黔驴技穷的时候想到我这个同父异母的妹妹。

"苏浅，我是真的没有办法了，你帮帮我，看在……"安哲欲言又止，我知道他想说看在兄妹的关系上，可是这兄妹关系之前是他一直不愿意面对的，如果不是苏之行逼得紧，他才不会来找我。

"安哲，我真的没有办法，除非……"我若有所思地看着安哲。

我欲言又止的话还是给了安哲希望，他盯着我，眼中的热切好像要将我盯出个洞来。我只笑着看他，说出让他失望万分的话："除非苏之行死了。"

安哲眼中希望的光瞬间熄灭，因为我说的是事实，除非苏之行死了，因为他和我们之间有断不了的血缘关系，可是我们再恨他都不会诅咒他死。

"我再想想办法吧。"安哲无奈地说完就离开了。

我看着他的背影，莫名地觉得他孤单得厉害。

其实他又何尝不是和我一样的可怜人，我们这个年纪哪里需要为父母的事情烦心，可是苏之行硬生生地将我们逼得无路可走……

我们俩是世界上最不幸的儿女，而苏之行就是这个世界上最混账的父亲。

03

混账做事一般是没有原则的，比如他威胁别人的事情，如果别人无法让他如愿，他就会毫无顾忌地折腾，丝毫不顾自己的脸面。

从那天送钱之后，我再没有见过苏之行，但是这几日我总觉得身边有苏之行的影子，因为我隐约听到了一些传言，关于安哲身世的，几乎所有人都在悄声议论安哲的亲生父亲。

我去找过安哲，却在见到他的背影之后就转身离去了，因为我都不知道要怎么去安慰他，将这些事散播出来的肯定是苏之行，可我们拿苏之行一点儿办法都没有。

安哲好像是打定了主意不给苏之行钱，因为关于安哲身世的流言越来越多，甚至有人说安哲的母亲是看中了安建邦的财富才抛弃了自己原先的恋人，带着安哲改嫁。

我不知道事实是不是这样，我唯一清楚的是能抛弃苏之行这样的人就是最大的幸福，可是当流言涉及自己的母亲，想必安哲会很不高兴。

可是我阻止不了流言，就好像我阻止不了苏之行阴魂不散地出现在我的世界里。

见到苏之行的时候，我几乎不敢相信自己的眼睛，这个一直在乎容貌的人，即使输得再厉害都要保持自己翩翩风度的人，竟然衣衫褴

褛地站在学校门口，眼巴巴地看着从学校里走出来的我。

我正和真真、庄辰走在一起，如果不是碰上苏之行，我们三人今天中午会有一顿非常愉悦的午餐。

我假装不认识苏之行，走到校门口的时候想快速离开，这样就避免了和他的纠缠，因为我断定他来这里找的是安哲。

只是我没想到苏之行竟然拦住了我，讪讪地笑着，一脸委琐。

他贪婪的样子让我只想躲，可是他迅速拉住了我的胳膊。他很用力，我想躲都躲不掉。

"苏浅，爸爸找你有事。"他厚颜无耻地说。

他的话让我再也无法迅速离开，我可以不在乎苏之行，却不能不在乎身后的真真和庄辰。

苏之行显然看出了我的为难和犹豫，他拽着我的手看向我身后的庄辰和真真，问："苏浅，他们是你的同学？"

如果忽略苏之行的狼狈，他说话的语气像极了一个慈爱的长辈，他握着我的手，眼中全是温和。

我回头看了眼庄辰和真真，无奈地将苏之行介绍给他们："真真，庄辰，这是我爸爸。"

真真与我虽然是多年好友，却没见过我爸爸。她看着我爸爸，眼中的鄙夷无论如何都遮挡不住，阴阳怪气地打了个招呼："叔叔，真是久仰大名，如雷贯耳。"

苏之行全然没有意识到真真话语中的讽刺，他有些兴奋地看着一身名牌的真真，高兴地问："真的吗？浅浅和你提过我呀？我告诉你，我……"

如果不是庄辰也在我身边，我真想讽刺他一句"想钱想疯了，见到衣着光鲜的就往上贴，也不管自己是什么德行"。

真真显然也明白我不想将不堪的一面展现给庄辰这个外人，所以即使心中厌恶却没有对苏之行说话，只是冷眼瞧着。

我有些感激地看向真真，正想对苏之行说话，庄辰已经热情地走到苏之行的面前，很有礼貌地喊道："叔叔，您好。"

被真真冷视的苏之行在庄辰这里找到了面子，他看着庄辰，又开始夸夸其谈，说自己是懂面相的，庄辰这孩子以后前途不可限量。

苏之行吹嘘的话语让庄辰更加害羞，他的热情更是让庄辰有些手足无措，而苏之行显然没有意识到这一点。

但是我已经意识到不能再让苏之行和庄辰说下去了，不然我怕苏之行会控制不住地跟他要钱，或者在他还没开口之前我会忍不住对他恶语相向。

我拽了下庄辰的胳膊，轻声说："去晚了咱们就占不到座了，我今天特别想吃'小背篓'的水煮鱼。"

"小背篓"是学校门口一家著名中餐馆，每次都人满为患，现在只有这个理由才能让庄辰尽快离开。

庄辰有些不解地看着我，因为在看到苏之行之前，我还喊着我馋糖醋里脊了，他看看我，又看看苏之行，才好心问道："是叔叔爱吃水煮鱼吗？要不一起吧。"

庄辰好像不想放弃偶遇我父亲的机会，极力地表现自己对他的好感，只是约苏之行一起去吃饭，那……

我赶紧对庄辰说："我爸爸很忙的，怕是没时间陪我们吃饭，是吧？"

我瞪着苏之行，希望苏之行能明白我不欢迎他，不想和他一起吃饭。可是我忘了苏之行也是无辣不欢的，听到水煮鱼时，他的神色已经不对了，只是他还有点顾忌，只是贪婪地看着我。

"我爸爸不吃辣的。"我赶紧说。

听了我的话，苏之行有些失望，看向我的时候已经变得蔫蔫的。

而庄辰显然也有些不好意思，面上带着尴尬，轻声对苏之行道歉，说不知道叔叔不吃辣。

不等苏之行开口，我赶紧劝庄辰去占位，不然就真的吃不到了。

庄辰有些不情愿地看着我，显然是想和苏之行多聊聊。

真真却看明白了我的心思，拽着庄辰就走，边走边告诉庄辰自己饿坏了，得先去吃点儿东西。

"那你快点过来。"庄辰走出几步之后回头对我说。

我轻轻点头，然后将头转向苏之行。

"你知道我最喜欢吃水煮鱼。"苏之行的责问理直气壮，眼神中的厌恶让我觉得自己是他的仇人。

　　"你这样的人没资格吃水煮鱼。"我的回答也很坚定，心底的厌恶再也不愿意掩饰。

　　"我白养你了，小白眼狼。"苏之行恨恨地说。

　　"你说这话也不怕风大闪了舌头。养大我？你是供我吃了还是供我穿了？对，你给我交过一次学费，那钱还是你拿的我妈的。苏之行，你别乱说话，养大我的是我妈，和你没半点儿关系。"我的话也恶狠狠的，对苏之行，我从来都不留情面。

　　我说的是事实，我所有关于他的记忆就是他醉酒后打我妈妈，或者赌输了，根本不记得他履行过父亲的责任。

　　苏之行不再说话，可能他也清楚我说的是事实，他确实没有资格要求我做什么。

　　"你来做什么？没什么事就回去吧，我得去吃饭了。"我以为他是来找安哲的，可是他却拦下了我，这让我不明白他今天来这里的意图。

　　"安哲呢？"苏之行看着我，依然一脸质询，好像我把安哲藏了起来一样。

　　"现在全校都知道安哲的爸爸不是安建邦了，他哪里还能在学校里好好学习呀。"即便我和安哲没有深交，但是面对龌龊到没有底线

的苏之行，我还是忍不住为他抱屈。

"他那么有钱都不给我点儿花，你知道我这段时间过的是什么日子吗？我是吃了上顿没下顿，我……"

苏之行开始诉苦，声泪俱下，好像安哲不给他钱就是不孝子，就是要将他饿死。

"我不知道安哲去了哪里，你过几天再联系没准他就接电话了。"说完我就准备离开。

和苏之行我实在没有什么好说的，也懒得再和他说话，他的凄惨状况都是咎由自取。

见我毫不留恋地转身就走，苏之行追了上来，一直跟在我的身后。

我转身看着他，问他："你跟着我干什么？"

苏之行看着我，理直气壮地说："我还没吃早饭，我跟着你吃顿饭怎么了，别告诉我我没资格，我是你爸爸，你没资格饿死我。"

如果这个世界上真的有没有底线的无赖，苏之行是当之无愧的，他堂堂七尺男儿竟然要跟着我一个弱小女子去吃饭。

见我脸色冰冷，不像要妥协的样子，他说话的语气和缓了不少。他改走哀兵路线，一遍遍地说自己这几天都吃不好饭，今天早上就没钱吃饭了，现在饿得厉害，希望我让他吃顿饱饭，看在他是我爸爸的分儿上。

"苏浅，你总不会眼睁睁看着你爸爸饿死吧，我知道你不喜欢看我赌钱，我以后不赌了，真的不赌了。"苏之行信誓旦旦地说。

我难以置信地看着他，这么多年他都没有说过这样的话，却不想他今天竟然告诉我他以后不赌了。

这是我这么多年来听到的最大喜讯，他的话让我兴奋不已，我看着他，郑重地问："真的？"

苏之行点头，一本正经地告诉我，说自己来这里就是为了找我和安哲，告诉我们他以后不赌了，好好赚钱，好好养家，做个称职的父亲。

苏之行信誓旦旦的话语让我心中涌动着无限感慨，原先对他的冷漠也被这激动的情绪冲散。

"苏浅，相信爸爸，我会让你过上好日子。"

苏之行越说越激动，甚至拉住了我的手，他的神色是那样的郑重，由不得我不相信。

"苏浅，我本来不想告诉你的，我想等我赚了钱再和你说，现在我还是告诉你吧，我找了份工作，还不错，以后怕是没时间赌博了。"

我看着苏之行嘴角的笑意，忍不住将手塞进了衣兜里，我从兜里掏出了一张卡，递到苏之行的手中。

"这是我做兼职赚的钱，不多，也就两千多块，你先拿着当生活

费吧，给自己买件衣服，不一定多贵，一定要干干净净的。"我看了眼苏之行身上脏乱的衣服，忍不住嘱咐。

苏之行紧紧盯着手中的银行卡，不住地点头，脸上的兴奋怎么都掩饰不住。

"苏浅，你真厉害，上着学还能做兼职赚钱。"苏之行的赞美，我听得出来，只是我却不知道要怎么回答，因为我的厉害全是他这个不争气的爸爸逼的。

"密码是多少？"苏之行夸奖完我之后就着急地问。

"我的生日。"我说完转身就走，我将我全部积蓄都给了苏之行，希望他在躲避追债这么久之后能够真的迷途知返。

我向"小背篓"中餐馆的方向走去，却不想身后又传来苏之行的声音。

"还有什么事吗？"我不解地看着苏之行，不知道苏之行还有什么事情。

"你生日是什么时候？"苏之行着急地问我，神色中的热切怎么都遮挡不住。

听了苏之行的问话，我不由得愣住，心底的失望再次连绵而起，连女儿的生日都不记得，我不知道该用什么词来形容我这"称职"的父亲了。

但是面对他那样热气的目光，我还是忍不住告诉他："银行卡的密码是970412。"

苏之行看着我，嘴里念念有词，我靠近他才明白他嘴里念叨的是银行卡的密码。

我长舒一口气，正想转身离开，苏之行却再次有些恼怒地看着我，说："苏浅，你又骗我，这是什么生日，生日是970412？"

很显然，他以为我是骗他的，所以才会如此恼羞成怒。我看着他，心底的疼痛怎么都压抑不住。

"苏之行，我是1997年4月12日出生的，你不会连这个都忘了吧？970412，你现在明白了？"我失望地看着苏之行，不知道是不是赌让他脑子麻木，还是我的生日让他陌生至此。

苏之行一愣，也不说告别，念叨着密码转身就走。

我看着他快速向不远处的银行走去，心底满是失望。

给苏之行钱这件事，我回家之后就告诉了真真，没想到处事一直感情用事的她说出了一番让我震撼的话。

"浅浅，你知道《农夫和蛇》的故事吧？"真真盯着我，认真地问道。

我不解地看着真真，不明白她为什么问这样的问题。

"安哲就是你最好的榜样，如果安哲之前不给苏之行钱，就不会有现在这样尴尬的处境，你给苏之行钱，只是让苏之行认清自己的女儿也是可以剥削的。"真真说完之后还轻叹一声。

117

　　我愣住了。当时我只是觉得他可怜，哪里会想这么多，更何况他……

　　"他说自己找了一份工作，以后不赌了。"我认真地解释。

　　真真撇嘴："我宁肯相信这个世界上有鬼，都不会相信赌徒的嘴。"

　　"我只是希望他会好好生活，不要总是这样浑浑噩噩。"其实真真说的也是我心里想的，但是因为是他的女儿，我心底总是带着隐隐的期待。

　　"苏浅，之前我以为你恨他恨得要死，却没想到你会把自己辛苦赚的钱给他，只是我总觉得你给了他他会立马输掉。"真真担忧地说。

　　"他这次受的教训够大，应该不会再赌了，你没见过他住的地方，就在棚户区，破破烂烂的，四处漏风，之前有我妈照顾着他，他哪里受过这样大的委屈，所以他应该会改。"

　　其实越说我越心虚，总觉得这一切不过是我的一厢情愿，但是我还是坚持自己的观点，不为说服真真，而是在说服自己，告诉自己这次相信苏之行是对的。

　　只是我没想到苏之行还是让我失望了。

　　在我给苏之行钱的第二天早上，安哲突然找到我，一开口就是质问："你给苏之行钱了？"

我点头，他脸上的怒色更重，憋了很久之后才对我说："你害死我了。"

我不知道我给苏之行钱和他有什么关系，又怎么能害得了他。

"他说你没钱都能给他两千块，我给他两千块是打发叫花子，还说如果我再不给他钱，他就跟我妈说我给他钱的事情。"说到苏之行要找自己的妈妈，安哲脸上不再是一贯的无奈，而是变成了愤怒。

"我妈一直不让我和他来往，而且她身体不好，如果知道我把钱给了苏之行肯定会气出病来的。"

安哲已经领教了苏之行说到做到的个性，所以当苏之行的威胁出口之后，他就害怕了。

我不再说话，但是心底的绝望再次泛起。

我确实高看了苏之行，我以为有了我给他的钱他会好好生活，却没想到他仍然不知足，又去跟安哲要钱。

"我被他骗了，他和我说自己找了工作，以后会好好生活，再也不赌了。"我轻声说，希望安哲能明白我的苦楚和无奈，我没想到会间接害了安哲。

"之前我给他钱，他也是这么和我说的。"

安哲的话让我坠入绝望的无底深渊，我心底原有的希望之光也被他的话冻住，再也不复光亮，再也没了暖意。

"怪我心太软，不该同情他的。"我内疚地说。

　　安哲看着我,脸上的苦笑更重,他说:"之前你说过我的,你说我不该有第一次,《农夫和蛇》的故事,咱们算是都演绎过了。"

　　"你应该明白我当初的无奈了吧?"安哲接着说道。

　　"你也应该明白我现在的后悔吧?"我苦笑地看着安哲,看到了他神色中一模一样的苦涩。

第五章

CHAPTER 05 ▶

怒火

01

　　我等着白帆出现，终结真真周末迷乱的生活，可白帆却好像人间蒸发了一样，我几次问白帆什么时候来，真真都故作不在乎，但是她的眼睛骗不了我，因为每次说到白帆的时候，她的神色都充满落寞。

　　生活中没有白帆，真真只能用别人来填补，声色犬马，她好像要用纸醉金迷的日子来麻醉自己。

　　"真真，你不能天天在酒吧、KTV待着，那里很危险。"

　　"浅浅，我知道，你放心就是，我只是玩玩。"

　　"真真，那地方不是你该长期待着的地方，你……"

　　"浅浅，你不觉得那里很热闹吗？现在我就觉得很冷清，很寂寞，只有在那样喧闹的地方，我才不会寂寞。"

　　钱真真说话的时候，神色是落寞的，看着就让人心疼，更多的劝说的话语我再也不忍心开口。

　　"浅浅，你不要管我，我有数的。"每次在我劝说她之后，钱真真都会这样和我说。

我当然管不了真真，这个家是她的，我寄人篱下，能做的也就是帮她打扫一下狂欢过后满地狼藉的家，为疲惫的真真披上衣服，仅此而已。

　　可是因为白帆不出现，真真的狂欢越发没了节制，原先他们会在很晚的时候离去，现在他们会彻夜狂欢。每次早上我醒来的时候除了满室狼藉，就是他们横七竖八躺在客厅里的身影。每次夜里我醒来上卫生间时，都会撞见让自己脸红心跳的一幕，包括一直坚称自己心里有数的真真，她也开始和这些人玩暧昧，有一次我甚至看到一个男生将她搂在怀里不停地亲吻。

　　然而第二天不等我询问，酒醒后的真真就急着跟我解释，说自己和那个男生只是逢场作戏，叫我不要放在心上。

　　"真真，不要闹了，如果让白帆知道了，你们之间就完了。"我由衷地劝说，希望能劝止住她的疯狂。

　　"苏浅，我心里有数，我怎么可能守不住自己的底线？这些人和白帆不一样，他们喜欢的是我的钱，而白帆喜欢的是我的人。"真真说话时神色是落寞的，或许她说的话就道出了她每晚狂欢心底却不快活的原因。

　　"苏浅，我在意的人不能每时每刻都陪在我身边，我只能找些人一起玩闹，既然他们看中的是我的钱，我不缺钱，满足他们就是，我们这算是各取所需。"真真继续说，三言两语间就将自己和他们的关

系说明了,不过是金钱关系罢了。

她的话说得坦诚,余音里却有说不出的落寞。我握住她的手,轻声安慰:"既然是金钱关系,你就要注意分寸,你也说了他们不会给你真心,所以你也得懂适可而止。真真,我很担心你。"

真真安慰似的拍了拍我的手,说她明白。

然而真真清楚归清楚,行事上还是如之前一般,甚至有些变本加厉,每个周末晚上家里依然鬼哭狼嚎一片,我在隔壁听着,几次都想出去阻止,可是想到自己的身份、处境,还是没有冲出去。

庆幸的是,白帆终于在一个早晨敲响了真真的家门。

我在房里听到门铃声响了很多遍,可是客厅里那群人没有一个人去开门,包括真真。

等我穿好衣服走出去时,才发现他们又醉倒在客厅里,横七竖八地躺在沙发上、地上,彼此间仿佛没有男女之间的避讳,说不出的暧昧。

我没有在客厅里找到真真,看了下她关着的房门,我才知道她可能回房间睡觉了。顾不上去看她的情况,我就赶紧开了门。

门外的白帆一身风尘,看着我,露出疲惫的笑。

"你怎么来了?"我惊讶地问道。

虽然盼着白帆出现,但眼下的状况可不是一个好时机,我本能地挡在家门口,不想让他进来。

"真真呢？还在睡觉？"白帆看着我，急切地问道。

看得出来他是将真真放在心里的，正因为如此，我更不能让他见到客厅里的情形。

"真真有事出去了，我和你去找她。"我一边挡住白帆，一边往屋外走。

白帆不明白我为什么挡着他，在我往门外走的时候拖着行李进了家门。

"白帆。"等我反应过来喊住他的时候，白帆已经看到了客厅里的一切。

他愣愣地看着客厅里躺着的横七竖八的人，半晌儿回头看向我，眼神中全是询问。

"他们是我的朋友，我们昨天在这里聚会。"我有些心虚地解释。

白帆看着我，眼中全是难以置信。

我低头，避过他怀疑的目光。不等我再鼓起勇气抬头，白帆已经朝真真的房间走去。

见他不再纠结于客厅里的场景，我的担忧终于落地，赶紧跟上他的脚步朝真真房间走去，我想他的出现肯定会让她惊喜万分。

只是等我们推开真真的房门，见到的场景只有惊，没有半分喜。

真真正和一个男生抱在一起，两人忘情地亲吻，连我们走进房间

都没有发觉。

除了两个人的气息，真真的房间还弥漫着浓重的酒气。

见到面前衣衫凌乱抱在一起的男女，白帆的脸瞬间变得煞白。他失神地看着真真和男生拥吻，却没有任何动作，只是安静地看着，仿佛已经被眼前的场景冻僵了。

"真真，白帆来了！"见真真依然沉浸在与别人的激情里，我忍不住高声喊道。

真真茫然地看向我，目光在看到白帆的那一瞬间僵住了。

白帆也看着真真，没说话，片刻之后就拎着自己的行李，快步转身离开。

真真显然没想到自己荒唐的行为会被白帆看到，她愣在那里，连男生伸出胳膊搭到她的肩膀上都恍若未觉。

"真真，你还等什么，快去追呀！"我着急地催促发愣的真真，心里已经涌起浓浓的不安。

真真猛地反应过来，看我一眼，便拿了衣服急急追出去。

却不想那个男生再次伸手拉住了她，柔声喊道："亲爱的。"

深情的声音让真真一愣，然后，她转身就跑，再也不看身后的男生一眼。

我不知道真真能不能追上白帆，更不知道两人还能不能回到从前，那是他们的事情，我没有资格置喙，我能做的只有帮她把这个狼藉的家打扫干净，将无关的人赶出去。

我开始收拾房间，刚才还和真真纠缠不清的男生走到我的身边，尴尬地说："我来帮你。"

我站直身子看向他，笑着告诉他："真真的男朋友来了，现在她不需要你了，请你们离开吧。"

我不知道他要来帮我的用意，不管是问真真的事情还是白帆的事情，我都不会告诉他，也不想再理他。

"可能你对我有误解，我是真的喜欢真真。"他郑重地说。

但我看着他闪动的眸子，就知道他的话有多么言不由衷。

"这和我没关系，你如果要表现自己的深情就去找真真。"我继续收拾房间。

男生站在那里，脸上的尴尬更浓。

被我晾了不长时间，他就悻悻地离开，临走前还不忘喊醒睡在客厅里的人。

随着他们的离开，这个家再次陷入寂静之中，好像刚才的慌乱、昨晚的欢闹都没有发生过一样。

收拾完家我就耐心地等真真回来。我不知道她要怎样和白帆解释她的行为，是酒精作祟还是她耐不住寂寞，我更不知道白帆会不会选择原谅，但在我的心底，我还是期待着两人能一起回来，因为白帆是个值得托付的人。

只是我的愿望还是落空了，真真是一个人回来的。

见到房间里的我，她露出笑容，但了解她的人一眼就能看出她笑容里的苦涩。

"白帆呢？"其实在看到真真一人进门的那一瞬间我就明白，她和白帆谈得不好，可我心底还是有隐隐的期待，期待白帆可以原谅真真。

"走了。"真真的话说得轻描淡写，但是眼中浓重的失落却出卖了她。

"你该好好和他解释的，你只是喝醉了酒。"我轻声说话，虽然清楚这话真真肯定已经和白帆解释过了。

真真含着泪点头，很久才哽咽地说："该说的我都说了，可是他根本就不听我说话，他不相信我，我有什么办法。"

"因为人总是相信亲眼见到的要多过亲耳听到的，更何况是你的解释，你好好解释，他肯定会相信你的，毕竟你们有好几年的感情，他明白你是什么样的人。"我开解真真，希望她能放下自己大小姐的架子，平心静气地和白帆谈谈。

"他人去哪里了，需要我和他说说吗？"虽然我不知道自己的话能起多大作用，但是为了真真，我愿意尝试，我希望我最好的朋友能够开心快乐。

"去机场了。"真真平静地说道，全然没有了每次说到白帆时的兴奋。

见我不说话，她又幽幽开口："他这段时间忙是因为跟着他老师做一个研究课题，昨天那课题刚结束，他就坐晚上的航班来了这里，想给我个惊喜。"

"真真，为了你和白帆，以后不要再和那群人来往了。"我再次认真地对她说，神色中满是担忧，我怕她整日和那群游手好闲的人在一起，早晚会出事。

真真含着眼泪对我点头，神色中充满悔恨。

"不仅是回家，以后别和他们来往了，你也清楚，他们在乎的并不是你这个朋友，而是你的钱，他们越清楚你有钱对你的要求就越多，对你就越谄媚，这对你而言，不是好事。"我轻声分析，因为真真很少能这样平心静气地听我的劝告，每次都是我还没开口，她就将我的话直接堵住了。

"今天发生了这样的事情我就明白了，他们是想将我当成永远的摇钱树呢，不然也不会出现那样的场景。苏浅，你得相信我，我并不喜欢那个男生，我只是喝多了酒，自己控制不住自己了。"真真悔不当初。

她的话让我彻底放下心来，她能和他们断了关系，这就是最好的结局。

而真真在我心里什么时候都没变过，她是一个直率善良的女孩，

即使她特别害怕寂寞，即使她很贪玩，但都改变不了她善良的本质。

"真真，白帆那边，要不我给他打个电话，我……"见真真为了白帆愿意断掉和那群人的关系，我有些兴奋，更想让他们两人之间和好如初。

真真跟我说："苏浅，我之所以失落，是因为白帆没有骂我，情绪还很平稳，我觉得他还是不太在乎我，我伤心不是因为他走了，你放心，白帆早就在我手掌心里了，飞都飞不了，他今天不听我解释，等他气消了就没事了，到时候我再给他打个电话，他还是乖乖的白帆。"说到以后她和白帆和好如初，真真的脸上全是期待和喜悦的光芒。

我不知道真真为什么会这么自信，但是听她这样说，我悬着的心终究是落回了一半。

02

我没想到面对苏之行，安哲会再次屈服，只是这次的屈服明显没了之前的无奈，取而代之的是愤怒。

这天安哲将一摞钱扔到了我怀中，然后有些恼怒地瞪着我。

我很无辜，好奇地看着安哲，不明白他为什么有这么大的火气。

"我又没惹你，你可别对我这么大火气，你是要求着我办事的。"我拿着手中的钱对着他一扬，很不高兴他的迁怒。

"你把这钱给苏之行，告诉他，我们之间再也没有关系了，让他以后不要再来打扰我的生活。"安哲脸上的怒色因为我的话消退了不少，但是语气中依然带着怨毒。

我看着他有怒火却极力隐忍的样子，忍不住笑了。

其实这么多年和苏之行的斗争经验让我清楚，就不该对他怀有期待，只要有期待就会有失望，而与失望相伴而生的就是怒气。

"苏之行又挑战你底线了？"我好奇地问安哲，不明白苏之行做了什么过分的事情让安哲这样愤怒。

"和你有什么关系，我的事情你不用这么好奇，这些钱你带给你爸，告诉他以后我们没关系，如果他再来纠缠，就别怪我不客气了。"安哲仿佛没有听到我的话一般，依然冷着脸说话。

你爸？这是我第一次在安哲的话语中听到这个词，这个词让我不由得想笑。我也希望我爸只是你爸，而不是我的父亲，可是这个爸爸由不得我们选择，所以我笑着告诉安哲："苏之行是我爸不假，也是你爸。你刚才这话说得太绝情。"

安哲看着我，不屑地说："我爸不是苏之行，我爸叫安建邦。"

安哲说得郑重其事，他的神色是我从来都没见过的认真.虽然安哲没有说原因，但是我很清楚，苏之行做的事情可能触及安哲的底线了。

见我只是笑着不说话，安哲的语气变得和缓，他叹了口气才说：

"苏浅，我真是够了，他竟然给我妈写情书，还寄到我爸的公司，你说他是不是疯了？"

我不知道苏之行是不是疯了，我可以确定的是现在安哲要疯了，而且是被自己的亲生父亲逼疯了，因为没有父亲不期待自己的孩子过上富足的生活，可苏之行显然是个例外，为了自己的目的不介意毁掉儿子幸福的家。

"苏浅，这次我让你帮我把钱送给他，一是不方便见他，二是不想见他，三是希望你能替我告诉他我和他之间再无关系了，让他不要再来打扰我的生活，如果他再这样恬不知耻，我不保证会有什么后果。"

安哲的话变得郑重，我不由得也郑重地点头。

我不知道安哲的话会对苏之行有多大作用，但是我确定这些话我会原封不动地带给苏之行，因为他也让我绝望了。

"既然不想和他有关系，为什么还要给他钱？"我有些不解地看着安哲，其实给苏之行钱就等于给了他继续剥削的希望，这一点我和安哲都很清楚。

"就当是买断我们之间的关系吧，我求个心安。"安哲沉默半晌说。

我默然点头，再也不说话。正是因为有血缘关系的存在，所以即使再多的伤害，在喊着断绝关系的时候想的都是不能让他连基本的生活都维持不下去。

只是和我们的心软及我们对这段血缘的在乎不同，苏之行显然将安哲当成了自己的印钞机。他容光焕发的样子好像他的前妻嫁给富豪是他的功劳，而他那富二代的儿子也是因为他的原因成了富二代。

当然从某种意义上也可以这样说，只是所有人都不会认为这是他苏之行的荣耀，他不过是一个守不住妻子，连儿子都管别人叫父亲的赌徒罢了。

只是这个赌徒丝毫不以别人的鄙夷为耻反以为荣，在我再次找到棚户区时，他正在对着自己的赌友吹嘘自己的前妻和儿子，尤其是说到安哲的时候，他一遍遍地说自己的儿子有多孝顺，只要自己一个电话，儿子就会把钱送来，说话的时候还一脸的陶醉。

坐在他身边的几个人，有的恭维，有的脸上全是不相信，嘴里还说："你吹吧，你有那么好的儿子，怎么住在这里？"

"我不想让他找到，如果找到我，他就非要把我接到别墅里去住。我这人吧，有个毛病，吃好的住好的我就不舒服，可是我那儿子哪能理解我的心情呀，我只能躲出来了。"苏之行慢悠悠地说话，不急不躁的样子让人无法质疑他的话。

"你就吹吧，你儿子那么有钱，你还欠着我二百块钱呢，什么时候还呀？你如果再不还，我就找你那个有钱的儿子要了，你那个儿子叫什么来着，安哲？"

　　坐在他身边的赌鬼显然不相信他的话，说话中带着嘲讽。只是他的嘲讽苏之行丝毫意识不到，还很认真地告诉人家自己儿子叫安哲，就是安建邦的儿子。

　　"不是我吹呀，我那儿子今天就会派自己的秘书送钱过来，他给我打过电话，你们且等着。"苏之行一边吹嘘一边喝茶，摆出一副老太爷的样子，好像他的儿子真的是百万富翁一样。

　　"你们不知道，安建邦现在的妻子，就是我的前妻，你别看她现在穿金戴银的，当时和我在一起的时候，对我那真是体贴，可是她长得不好看，我看够了，就把她踹了。"苏之行高声炫耀，生怕别人不知道一样。

　　"你就吹吧，人家安建邦的老婆，我在电视上看到过，那是贵妇，跟你在一起，还体贴？你做梦梦到的吧？"坐在他身边的几个人显然不信，不等他把话说完，就开始笑话他。

　　"我有她给我写的情书，要不我给你们读读？"

　　苏之行打量着周围怀疑的目光，转身到床头翻找，很快就翻找出一摞纸，随便拿出一张就开始读。什么"亲爱的，我想你了""你是我的阳光"之类暧昧的话语，让站在门外的我听了都觉得脸红不已。

　　"真的是她写给我的，下面有署名。不过好多年了，这还是我们当年刚结婚的时候。"苏之行说完之后就得意地笑了，只是笑容里带着明显的贪婪。

"还真是安建邦媳妇的名字呀……"有人在接过情书之后惊叹道。

"这是二十年前的纸，用的是英雄牌墨水，这个我造不了假。"见别人看自己的眼神中露出了羡慕和好奇，苏之行就认真解释给别人听，一边说一边评价着安哲妈妈的字迹，说什么写得有点粗犷，不大像个女人写的之类。

看着苏之行炫耀的行为，我突然间有些心寒，为那个曾经爱过苏之行的女人。

现在的她可能怎么都不会想到，当年她满腔的情意换来的竟是现在的伤害，当年她少女的心思终归成了苏之行对人炫耀的谈资，当年她心心念念的良人现在已经成了这样龌龊不堪的样子。

"你们别看我现在这个样子，当年追我的女人可排着队呢，后来有一个比她还漂亮的，明知道我结婚了，还心甘情愿地为我生了个女儿……"苏之行侃侃而谈，谈自己当年的丰功伟绩。

但是我再也听不下去，因为苏之行嘴里说的那个做了他婚姻第三者的女人就是我的妈妈，而我，就是她未婚生的那个女儿。

即使我妈自私地离开了我，但是打心底里我依然不允许苏之行这样侮辱她，把她的痴情当成炫耀的资本，并且以这样诋毁的语气说出来。

我不知道等他炫耀完了，又会说出怎样不堪入耳的话语，只是我

已经没有心情再等下去了，我门都没敲就闯进了屋子，看到衣衫不整的他坐在床上和几个人说话。

"苏之行，你孝顺儿子让我给你送钱来了。"我厌恶地看了他一眼，说道。

苏之行没想到我会突然从天而降，但是看到我，他显然非常兴奋，刚才吹牛时眼中的光芒现在更盛，他紧紧地盯着我，好像要把我盯出个窟窿一般。

"你们看，我说他会让秘书给我送钱吧，送来了吧？我可从不吹牛。"苏之行将目光转向那几个赌友，脸上非常得意。

他们显然也没想到苏之行说的会是真的，看着我缓缓走向苏之行，一脸的好奇。

"把钱给我吧。"苏之行一脸颐指气使，好像他真的是我老板的父亲。

我将钱扔到苏之行身上，笑着对他说："爸爸，这是你孝顺儿子让我送给你的。"

苏之行显然不管我语气中的嘲讽，只将目光紧紧地盯着那些钱，不顾这么多人在场，竟然当场数了起来。

两万块，这是安哲早就告诉我的数目。等他数完了，他才笑着将钱展示一般拂过周围的几个人，说了声："看吧，看吧，这是我儿子给我的这个月的生活费！我说我儿子是富二代你们还不信，我哪里会骗你们。"

"钱我收到了，我会跟安哲说的，你回去吧。"在众人羡慕的目光中，苏之行显然将我当成了外人，而不是他的女儿。

我笑着看向他，心底的哀伤更重。这个时候他为了面子都不愿意承认我这个女儿。这就是苏之行啊，因为他一句要改邪归正的话，我就兴奋莫名拿出自己所有积蓄给他，可他为了自己的面子就将我弃之不顾。

"爸爸，这是我孝敬你的，是我这个月兼职赚的钱，刨除生活费之后就剩下这些。"我从兜里掏出一百块钱，递给苏之行。

苏之行显然没想到我会有此举动，他愣愣地看着我，没一会儿伸手接过了那一百块钱，脸上全是贪婪。

一百块，买绝我们的父女关系。

我笑着看向苏之行，也不管他怎么向别人解释，笑着转身就走。

"对了，爸爸，你那个孝顺的儿子和我说，这是他最后孝敬你的，算是买自己心安，所以这些钱你还是好好珍惜着用。安哲说了，以后他只有一个爸爸，叫安建邦。"我说完之后就迅速地离开，不管身后的苏之行是什么表情。

走出很远之后，我忍不住回头看向苏之行居住的小屋，他正在对周围的人说着什么，我还见到他将手中的钱分散到周围人的手上。

他可能会跟自己的赌友解释，解释我是谁，或者解释为什么苏哲

137

会这样说话。

或者，有了钱之后他要先还欠下的赌债，然后继续赌博，醉生梦死。

我知道刚才我说给听苏之行的话，他肯定不会相信，他笃定了我和安哲不会抛下他不管，他还在沾沾自喜，以为接下来我们还会源源不断地把钱给他送来。只是这一次我的话却是事实，他已经将安哲心底最后的情分逼没了，而我也已经不想再和苏之行有任何关系。

我不如安哲那样有钱，但我的钱都是靠自己辛辛苦苦赚来的，微薄的兼职工资养不起一个恬不知耻的赌徒。

我没有办法，只能一次次告诉自己，不要再和苏之行有任何关系，否则，我迟早会是另一个安哲。

而苏之行这样的父亲，不要也罢。

03

真真向来说话算数，但是这一次她却食言了，她向我许诺过不和那群人来往，可是周末来临，那群人还是出现在了她家的客厅里。

真真依然和他们喝酒笑闹，他们对真真也多是奉承。我不愿意加入他们的聚会，就躲进了房间里，可是连我从家门口走到房间这段距离，他们都不放过。

那天和真真拥吻的男生挡住了我的路，有些挑衅地看着我笑，那笑好像在宣示自己的主权，更像是在示威。

"有事吗？"我知道他不怀好意，可是几次我要夺路而去都被他挡住了，我只能开口，心底对他已经有了莫名的敌意。

"你是真真的好朋友，我和真真也是朋友，我希望咱们能好好谈谈。"可能是因为喜欢真真，他现在看我的时候倒是少了几分暧昧，只是他这样表面请求，实则命令的语气让我很不高兴。

"我和你没什么好谈的，不管你们怎样，我尊重真真的选择。"说完，我就从他身边走了过去。

"苏浅，我会成功的！"他的话说得斩钉截铁，我却听明白了他的话，他说的是成功，只是成功有很多层含义，真真的心和真真的钱，我不知道获得哪一个，才算他心中的成功。

如果是钱，我相信他会成功；而真真的心，我不敢保证。

"那就预祝你能成功了，只是我会不遗余力地破坏。"我的话也很坦诚，对于这样一个世俗的人，我不愿意虚与委蛇。

说完我就回了自己的房间。真真几次进来叫我一起玩，我都拒绝了。我不喜欢那群人，不喜欢那种迷乱的生活。

可是生活不会因为我的喜欢与不喜欢改变样子，音乐依然响到很晚，他们酒醉后的话语也成功打扰到了我的睡眠，他们离去的时候天已经快亮了。

真真见我房间里还亮着灯，就走了进来。我闻得到她身上浓重的

酒味，可是喝醉的她只是冲着我傻笑。

"你答应过我，怎么又和他们来往呢？"我的话语中全是失望，因为她的食言。

因为真真和他们交往，我心底不好的预感越来越重，总觉得会出什么事情，可是现在一切都好，我无法以预感来劝说真真。

"苏浅，白帆还是不接我电话。"真真没有回答我，只是悲伤地和我说起白帆的事情。

白帆离开之后，就再也没有接过真真的电话。开始的时候，真真总是说白帆冷静下来就会接电话，就会听自己的解释，可是这么多天了，白帆始终没有接她电话，看来他是真的对她失望了。

"真真，你之前不是说他冷静下来就会好？"我有些无奈地看着她。白帆离开之后，我就催着真真赶紧跟白帆解释，可是真真总觉得白帆冷静下来就会原谅自己，所以懒得解释，偶尔几次电话不接，她也并不放在心上。

"之前我们吵架，生气的时候他都不会理我，但是很快他冷静下来就会主动联系我，这次我都主动找他了，他却连电话都不接……"真真有些委屈地说，好像给白帆打电话解释，已经是给了白帆很大的面子，而白帆却不将她给的面子放在眼中。

"真真，这次的事情不是一般的吵架，这次是你有了别人，你如果再不解释，白帆肯定会认为你不在乎他了，他一旦有了这样的想法，你俩就会疏远，毕竟你们是异地恋，恋人之间最需要的是沟通，你们见面本来就少，再不沟通很容易出问题呀。"这是我一直对真真说的话，但是真真一直以为白帆爱她，他们之间情比金坚，不会出什么问题。

"苏浅，我不知道怎么办了，我不想和白帆分手，我爱白帆，很爱很爱。"真真这次终于认真听了我的话，只是听完之后很是紧张，眼巴巴地看着我，好像我能拯救她的爱情。

"多联系几次吧，他不接电话你就发短信，实在不行，咱们去一趟。"我劝说真真，希望她能放下自己女王的架子，只有这样才能很快和白帆言归于好。

真真沉默了，很久都没有说话，只是安静地坐在那里，神色中的失落让我看得心疼。

但她最后的决定还是让我失望了。她有没有和白帆联系我不清楚，总之白帆依然没来，她也没有提要去找白帆的事情。

而那天和她接吻的男生开始频繁出现在家里，只是他让我越来越不舒服，因为他总是虎视眈眈地看着真真房里奢华的摆设，眼中流露出的贪婪好像是丛林中的野狼。

只是每次当他发现我看他的时候都会立刻收起目光，然后温和地看向我。每次看着他的笑脸，我总会在心底生出阵阵凉意，心底不祥的预感更重。

"真真，这个男生，我不喜欢，以后离他远点吧。"一次那个男生离开之后，我郑重地对真真说。

真真看着我，神色中依然带着失望和落寞，自从白帆离开之后，她这样的神情越来越多。

"我和你说过，我和他只是逢场作戏，我要的是找个人陪，他要的是我的钱。我们各取所需，没什么大不了的，你不用大惊小怪。我爱的是白帆，这个不管什么时候都不会变的。"真真跟我说。

我在她神色的变化中知道她说的都是真的，因为在说到白帆的时候，她眼中含着泪水。

只是我无法理解的是她爱着一个人，却接受另外一个人的陪伴，这样的深情我理解不了。

"真真，给白帆发短信了吗？要不咱们周末就去找他，好不好？"我舍不得看真真越来越落寞的脸，认真地帮她出主意，我知道她喜欢的是白帆，那我能做的也就是努力帮他们在一起。

"我会发的。"真真回答我的时候依然是敷衍的，我看得清楚，却不再说话。

感情永远都是两个人的事，却往往只有外人才能看清楚，真真和白帆的这个结，只有真真能解开，就看她愿不愿意。

真真依然固执地没有听我的劝告，依然和那个男生交往，只是为了顾及我的感受，她不再将那个男生带回家，也不在家里聚会了。但是每天晚上看着空荡荡的房间，我的心都被恐惧笼罩。

时间长了，我都不愿意回家了。

我所在的这座城市以每年一度的烟花大会著名，那一直是恋人们的盛会，有很多恋情在烟花大会上开始，也有很多恋情在烟花大会上结束，更多的恋人会在烟花大会上牵手、拥抱，共同享受这夜空中的美丽和心底的幸福。

庄辰显然不愿意错过这个可以和我在一起的机会，正好我这段时间不喜欢独自待在家里，即使知道庄辰有自己的打算，我还是答应了他。

我们赶到烟花大会举办地的时候这里已经人满为患。看着恋人们拥抱、牵手，说不出的亲密，处在这样的环境里很容易让人心生期待，庄辰就在这个时候牵住了我的手。

他将我的手攥得很紧，我看向他的时候，他神色还是紧张的。看着他带着乞求的眼睛，我竟然不知道要怎样拒绝，也就任由他将我的手攥住，我甚至能感觉到他手心的热度，感觉到他手心里渗出的汗。

我和庄辰手牵手走在众多的恋人中间，或许是庄辰手心的温度太高，我的心底有淡淡的暖意升腾。

就在我们两人想说话却不知道如何开口的当口，人群中突然传出了一声："快看！"

听到声音的人们不约而同地看向天空，五彩的烟花仿若仙子一样

四散在天空里，美得无法用言语形容。

一团大的烟花之后，无数小的烟花在天空里渐次盛开，一时间黑色的夜空布满了世界上最绚丽的色彩。

音乐在这个时候响起，耳边抒情的音乐配着眼前缤纷的色彩，整个人都仿佛进入仙境一般。

我眼睛眨都不眨地看着天空中绚烂璀璨的一幕，却蓦地感觉到有温热的气体吹到我的脸上，我本能地躲闪，等我躲过之后才看到已经将唇凑到我面前的庄辰。

脸蓦地发烫，我退后一步，离庄辰更远。

我已经清楚刚才是庄辰要吻我，只是被我发觉，然后躲过了。

我看着庄辰有些失望的脸，低下了头。

庄辰的心思我是明白的，虽然他说了不等我的回答，但是他急于知道我的心思，所以才有了这样的举动。

"苏浅，我有些着急了。"庄辰有些不好意思地看着我，他显然不知道要怎样解释刚才的举动。

我不知道自己想要怎样的解释，这段时间我们经常一起学习，有时候会一起吃饭，在别人眼中俨然已经成了一对恋人，牵手、接吻这类的事情本来该是水到渠成的，只是我一直和庄辰保持距离，我们之间才一直这样有着隔膜。

"苏浅，我只是控制不住自己，你知道的，我心里一直喜欢你。"庄辰见我不说话，更加紧张地解释，他手足无措的样子让我心底的暖意更重。

"庄辰，是我不好，我有洁癖，我……"我也不知道要怎样解释，我只是抵触庄辰的接触，虽然我们关系不错，但是还没到接吻的地步。

其实我心里很明白，如果真的是我爱的那个人，我不会拒绝，只是庄辰，我觉得我还接受不了。

或许在所有人心里，我们都是郎才女貌的一对璧人，我也明白庄辰性情温和、努力向上，是个好的伴侣，如果能和庄辰在一起，那可能会是我一辈子很幸福的事情。可是我很清楚，庄辰喜欢的不是我，他喜欢的是一个成绩优异、娴静可人的女孩，而更真实的我不是这样的，而他不知道的那一面更接近我的内心。

"苏浅，以后，可以吗？"听了我的话，庄辰有些如释重负，但是瞬间之后他的脸上就多出了几分期待。

我不知道要怎样回答他，只能不说话，算是默认或者说心底拒绝。

"苏浅，我和你交往是很慎重的，我想的是以后的长久，所以不急于这一时半刻。"庄辰的话，好像是在给自己找一个台阶，也是为我的沉默找一个理由。

我依然没有说话，因为我心底清楚，即使是私下的秘密交往，在

同学们眼中，有庄辰这样的一个男朋友也是件非常让人羡慕的事情。

所以，不拒绝，可是，内心抵触。

抵触源自我的真心，而外在则是为了别人眼中的羡慕和我心底的虚荣。

我发现我还是不能如郑烁那般做到心口如一，做到真实坦荡。

第六章

CHAPTER 06

出事

再见，小青春
GOODBYE, MY

01

真真出事了。

在我每天都预感她要出事的时候。

只是真真遇到的事情和我预感的不同，我以为她会和那群混混一样的朋友之间发生点什么，可是她竟然被绑架了。

"苏浅，你快点来救我，快点来……"

电话那端的真真哭得上气不接下气，说了很多遍我才听清楚她说的什么。

听到真真说"救我"的时候，我只觉得脑子一下子变得空白，整个人都僵硬了一般，好一会儿才反应过来。

真真没有得到我的回应，已经在那边高声哭了起来，她一边哭一边喊"苏浅"，她喊我的名字喊得惊心动魄，一下下刺激着我的神经。

"你怎么了？真真，我在呢，你慢慢和我说。"我心底虽然着急，却努力维持着声音的镇定，耐心地安抚真真。

"拿我床头柜里的银行卡去取十万块钱！苏浅，他们说了，只要钱，不会伤害我，所以你要把钱全带来！"真真说的时候声音都是颤抖的，我能感觉到她的害怕，却没有办法安抚她。

其实电话这一端的我也呆住了，十万块钱！即使对花钱如流水的真真而言，这也是一笔很大的钱，估计是真真能承受的极限了。

此刻，除了钱让我震惊，我更担心真真，不知道是什么样的场景让她惊恐慌乱到这样的地步。

"真真，我马上就过去，你别害怕，钱我会全带过去，别让他们伤害你。"我轻声安慰真真，可是我自己已经心慌得厉害。

"苏浅，千万别报警，他们说了，如果报警他们就会杀了我！"在我要挂电话的时候，真真突然在电话那端紧张地喊道。

"不报警，放心，我不报警，你让他们别伤害你。"我安慰真真，更像是在安慰我自己。

我还没等到真真的回答，电话那端就只剩下了"嘟嘟"声。

看着挂断的电话，我的心跳如擂鼓，呆愣在当场。

我没想到真真会被绑架，也不知道要怎么做，我唯一清楚的就是不能让真真出事。

可是我不能报警，我不知道怎样才能救真真。我从来没遇到过这样的事情，这突如其来的不幸将我的理智击垮了。

我失魂落魄地回到真真的家，按照真真说的找到了她的银行卡，

拿着银行卡我才发现自己的手是颤抖的，如同此刻我颤抖的心。

可是拿到银行卡我才发现，刚才真真竟然忘了和我说地址！

我慌乱地拿出手机，拨打刚才打来的电话号码，接电话的是个男人："谁？"

我强自镇定了一下："我找真真。"

"你是苏浅？"那边的男人好像知道我，询问道。

我哪里顾得上想别的，一个劲地说："我是苏浅，我是苏浅，麻烦你告诉我地址，我要送钱给你们。"

"好，你到城南速食厂来就行。"那边听了我的话，声音里带着明显的愉悦。

我却无暇顾及他们此刻的心情，我只担忧真真的安危。

"真真没事吧，我要听她说话。"在要挂电话的时候，我突然想起了电视中的情节，生怕他们在跟我要钱的同时已经伤害了真真。

"只要你能把钱送到，她就没事，我们要的是钱。"那边期待的声音让我觉得心慌。

即使是苏之行也没这样直白地表达过对钱的渴求，我只觉得他们要比苏之行危险千倍万倍。

"我现在就去，如果真真有任何闪失，你们得不到钱，我还会……"我想威胁他们，可是话还未出口，我就只剩下了心慌。

电话那端好像听出了我的强作镇定，发出了一声轻微的哼声，带着轻蔑。

我一直以为自己足够坚强，因为我可以无畏地面对苏之行，可是现在我才清楚，我一点儿都不坚强。在面对真正的恶人时，我才发现我在苏之行面前的强势不过是外强中干，我可以对苏之行叫嚣，却无法对真正的绑匪造成丁点震慑。

我慌乱地走出真真的家，却再一次手足无措。我不知道迎接自己的将会是什么，却明白我丁点的差错都会导致严重的后果，我什么都不敢做，却又不得不做。

我只能漫无目的地往前走，我知道终点是城南速食厂，可是我不知道我要什么时候才能赶到。我仓皇地走着，连脚步都是凌乱的。

如果可以选择，我真的想一下子就跌坐在地上，再也不起来，因为现在我四肢无力，根本感知不到自己的动作。

我只是一个行走在这座城市的机械，只是这机械里承载的也全是无助和悲凉。

因为直到现在我才发现，当我真的遇到了事情，这座城市中没有人帮我，我求助无门。

可是我很清楚，我必须坚强，因为只有我才能帮真真，无助的我现在是真真唯一的指望。

我怎么都不会想到，在最无助的时候，我走的方向竟然是郑烁作画的花园，或者这只是我无意识的举动，或者我潜意识中将郑烁当成

了我的依傍。

看着远处的郑烁,我拿不定主意了。绑架这样的事情,不是我们这个年龄的孩子能承担的,而且谁都不知道会是怎样的后果,我不知道要不要将郑烁拖入这个旋涡。

我没想到郑烁会看到我,当我无助地蹲在地上的时候,郑烁走到了我的面前。

他蹲在我的面前,担心地看着我,眼中的不羁已经退去,只剩下温和,如水一般要将我淹没。

"苏浅,你怎么了?"他担忧地问我。

我呆呆地看着他,许久都不知道要怎么开口。

等我开口的时候才发现,原来我连话都说不出来,而我的身体依然颤抖不已。

我握住郑烁的手,他的手有让我安心的温度,他紧紧地握着我的手,轻轻拍着我的后背,直到我忍不住,突然哇的一声哭出来。

我趴在郑烁的身上,很久才停止哭泣。趴在郑烁的肩头,我的心终于变得安定,我哭着喊道:"真真被人绑架了!"

话刚说完我就感觉到郑烁的身体明显僵硬了一下,但是瞬间,他就将我推离,认真地看着我说:"到底怎么回事?你详细和我说一下。"

"真真给我打电话,她被人绑架到了城南速食厂,她说了不能报警，不然她就有生命危险，可是我怕，我怕我把钱送过去，他们不放人，或者我钱给了他们，他们再杀了真真可怎么办？我只有真真一个朋友，我不想她出事。郑烁，我不知道怎么办了。"我一口气将话说完，然后看着郑烁。

不知不觉间，我就将所有期待和希望都放到了他身上，我希望他能告诉我要怎么办。

郑烁的神色很凝重，听我说完，他很久都没说话，低头在那里想事情。

我蹲在他的身边，依然哭泣不止，现在好像只有眼泪能安慰六神无主的我。

郑烁在我哭得昏天黑地的时候猛地站起身来，牵着我的手，郑重地跟我说："我陪你去，咱们快点过去，去得越晚越容易出问题。"

我无助地跟在郑烁身后，由着他拦了出租车带我去取了钱后，让司机朝城南速食厂开去。

我依然在控制不住地流泪，即使有了郑烁这颗定心丸，我心底的惶恐仍无法缓解。

郑烁一直牵着我的手，轻声在我耳边说话安慰我。快到速食厂的时候，郑烁紧紧地握住了我的手，轻声和我说话："苏浅，别哭，相信我，真真肯定会没事的。"

他的话坚定又温柔，我透过泪光看着他的脸，心莫名就安定了，

只是手依然是颤抖的。

郑烁感觉到了我身体的异常，将我的手攥得更紧，猛地将我拉入他怀中，在我耳边认真地说："苏浅，相信我，我一定会把钱真真救出来。"

不知道是他的话语太坚定，还是他的怀抱太温暖，在他说完话的那一瞬，我只觉得自己慌乱的世界变得一片澄明，我在他怀中不住地点头，哽咽着告诉他："我相信你。"

"你再和我说一下事情的经过，整个过程，一字不漏。"见我恢复了镇定，郑烁接着问道。说话的时候，他的眼中依然带着疑惑，这疑惑在我告诉他真真被绑架之后就一直存在，只是现在这疑惑像一团火一样，燃烧在郑烁的眸子里。

我将一切细细说给郑烁听，郑烁安静地听着，眸子里的疑惑渐渐澄明。等我说完了一切，他才问我："你说那个人知道你是苏浅？"

我轻轻点头，随即又解释道："真真给我打电话的时候喊过我的名字，他肯定是听真真说了才知道的。"

郑烁看着我，神情依然郑重，显然不将我的解释放在心上，只盯着我问道："你和真真有没有共同的朋友？你觉得有可能会绑架真真的？"

我赶紧摇头，我和真真共同的朋友都是我们的同学，怎么可能有绑匪。

我的答案让郑烁有些失望，但那失望只是流星一般掠过他的眼。

车到了目的地之后，郑烁拉住了要打开车门的我，盯着我的眼睛，镇定地握住我的手说："不要怕，一切有我，过去之后都听我的，钱我拿着。"

郑烁说话的时候已经将拿钱的包握在了手中，此刻的我六神无主，见郑烁为我做主，心底早已感激不尽。

走下出租车之后，郑烁就一直握着我的手。他感觉到了我的手冰凉，贴心地安慰道："没事，一切有我，你不要担心。"

我慌乱地点头，但是每走近速食厂一步，我的心跳就加快一些，我都能听到自己的心跳声了，它好像马上就要从喉咙里跳出来。

不等我们走到速食厂，速食厂门口就出现了几个蒙面人，他们恶声恶气地问："你们是不是来送钱的？"

"是，我们是来送钱的，但是给你们钱之前，你们是不是得把人带给我们。"郑烁说话的时候手也有些颤抖，我知道他也害怕，但是他说话的时候确实中气十足，我知道他在努力掩饰心底的慌乱，便紧紧地握住了他的手。

郑烁感觉到了我的手握得很紧，扭头看看我，对着我一笑，眼中全是安慰。

虽然心跳如擂鼓，但因为郑烁的眼神，我的心渐渐安定下来，看向几个蒙面人。

"把真真带过来！"见郑烁展示了手里装钱的包，其中一个蒙面人神色中的兴奋已经遮挡不住，高声对着身后喊道。

我看着说话的那个蒙面人，心底闪过一阵疑惑，那个人的声音我很熟悉，好像在哪里听过。

怀疑一旦产生往往就会迅速扩展，在心底生成一张怀疑的网。

我看着那个蒙面男子，越来越熟悉，不管是身形还是感觉，我总觉得这个人在哪里见过。

不等我想起那个人是谁，真真就被带了出来。

一直妆容精致、美艳非常的真真此刻可以用蓬头垢面来形容，看到不远处的我和郑烁，真真被堵着的嘴里发出呜呜的声音，眼泪哗哗地落了下来。

看着真真狼狈的样子，我的心疼得厉害，恨不能代替她受这样的委屈，恨不能守在她的身边，恨不能将她身边那几个蒙面人都打趴下。

可是我能力有限，即使站在这些蒙面人的面前，腿都打战。

但看到真真是安全的，我的心终于还是放下了一半。

我紧张地看着郑烁，对他说："把钱给他们吧，只要他们把真真安全地交给我们就行。"

一路上我都在想，其实钱财损失算不了什么，只要人安全就足够了。

郑烁看着我，点点头，大声说："只要真真是安全的，我就把钱给你们！"郑烁说话的时候还对着我使眼色。

我不明白他是什么意思，但可以确定他这是做戏给那些蒙面人看。但我不明白在这个时候他为什么还要做戏，现在这个时候用钱将人换过来不就行了？

郑烁却全然不管我的担忧，他握着我的手突然捏紧一下，然后转过身对那几个蒙面人说："你们把真真放过来，我带着钱过去，把钱给你们。"

"你哄小孩子呢，她先过去，你们走了怎么办？真真往你们那边走，你往我们这边走。"不等我反应过来，那个蒙面人已经做了决定。

我突然明白过来，郑烁是要用自己代替真真，而他这样做的原因怕是不会让那些绑匪如愿，可他也还是个学生，而他们的底细我们并不清楚，他怎么能以身犯险？怎么能……

我想劝说郑烁，可是没等我开口，他就已经向蒙面人的方向走去。感觉到他突然松开了我的手，我猛地伸出手去，却只抓住了他的衣角，然后他的衣角在我手中滑走，我只能眼见着他的背影离我越来越远。

真真和郑烁越走越近，两人肩膀快要碰到一起的时候，我看到郑烁对真真说了句什么，真真只是慌乱地看了眼郑烁，然后点头。

郑烁从她身边走过，真真才跌跌撞撞地走向我。

她扑到我怀里，哭着低声对我说："郑烁说让我们先走，离开这里马上报警。"

02

我的身体瞬间僵住了，原来，在下出租车的时候，郑烁就做了打算，只是他没有告诉我，我怎么都不会想到他会将自己搭进去救真真。

见我僵住，真真拽着我的手就走，等走了几步之后才看着我问："咱们报警吗？"

我看着真真，脑海中猛地响起下车前郑烁问我的话。我看着真真，问她："你不觉得这几个人很熟悉吗？我总觉得有个人就是那天和你接吻的人。"

真真也愣在了那里，她大概从来没想过这个可能。

但只是片刻，真真眼中就出现了一抹不可思议，随即，她看着我，缓缓点头，说："确实有点像刘忻他们。"

引狼入室。

这是我和真真都不曾想过的，但这一刻，我们都不约而同地怀疑上了那几个人。

那几个看重真真钱财的人，那几个知道真真行踪的人，那个甚至知道真真手中有多少钱的人，他们有太大的可能成为绑匪，而他们的言语、行为，包括身形、声音都有太多的相似之处。

当我们确定了心底那个可能，我愣住了，而真真直接崩溃大哭，她哭着说："是他们，肯定是他们……"

没想到绑架自己的竟然是自己以为的朋友，她没想到这一场让她胆战心惊的绑架都是咎由自取，此刻，除了眼泪好像再也没有什么能表达她内心的崩溃。

我来不及安慰真真，因为我清楚，这时三言两语根本无法让真真恢复平静，现在的真真是安全的，而郑烁却为了我们以身涉险，当他做出这个决定的时候，就已经注定了他不会将钱轻易交出去。

郑烁和真真不同，真真可以为了自己的安全忽略十万块钱，而家境并不是很富裕，要靠自己兼职作画来赚钱的郑烁更能理解这十万元的意义，他不会轻易交出，而刚才那群蒙面的绑匪，眼见钱到不了手，肯定不会善罢甘休。

报警！这是我现在唯一能为郑烁做的。

我打完电话之后，才将已经哭得坐到地上的真真扶起来。看着她崩溃的样子，我忍不住板起脸："因为你，郑烁现在还在那群蒙面人的手上，你必须得坚强，如果你要哭，就等到郑烁被救出来之后。"

这是我第一次义正词严地和真真说话，真真是个被娇惯坏了的公主，和她在一起，我更多的是娇宠她，这冷淡的话显然让她意外，但

是也让她明白了现在的境况。

真真听了我的话之后立马擦干眼泪，站了起来，只是走向我的时候腿依然是颤抖的，她看着我，等着我接下来的动作。

我扶着真真回到速食厂的门口，刚才打开的破旧的厂门已经关上，不知道现在郑烁被带到了哪里。

可能是对这个地方有太大的阴影，还没走到门口，真真就瘫软在地，身体颤抖不已。她看着我，眼中全是无助。

我蹲下身子，靠在她身边，轻声对她说："别怕，我在你身边呢，咱们就在这里等着，等警察来了，一切就都好了。"

真真在我怀中不住地颤抖，我只能一遍遍地看着时间，一遍遍地安慰自己，郑烁早就有打算，肯定不会特别吃亏，没准他已经顺利逃脱了……

"苏浅，他们会打他的！"真真猛地喊出声来，说完话之后她就哭了出来。

我再次僵住，因为我明白真真说的是真的，她在里面待过，知道里面的情况，可是郑烁，那个挨打都要护住右手的郑烁，这次会不会……

我不敢再想下去，我怕我自己会崩溃……

我看向不远处的速食厂，大门紧闭，我感觉不到郑烁的任何信息，可是我没有勇气闯进去，我怕不仅救不了郑烁反而给他添加不少的麻烦。

"苏浅，他们都不是好人，我们要怎么办，怎么办？"真真见我僵在那里，继续说话。

我用颤抖的手握住了真真的手，我闭上眼睛，逼自己不去看速食厂门口，逼自己不去想里面可能发生的一切。我安慰真真，告诉她警察快来了，不会有事。

可是时间在这个时候走得特别慢，短短的时间都变得像一个世纪那么长，在等待的煎熬中，我终于明白什么叫度日如年。

"真真，我们只要守在这里，我们必须保证郑烁就在这里，不然郑烁的危险更重。"真真将颤抖的身体倚在我身上，一遍遍说着郑烁会有危险的，一遍遍说着是自己害了郑烁。

我只能劝她，告诉她这是我们唯一能为郑烁做的。

"苏浅，我们不走，我们守在这里等着警察过来。"真真好像突然明白过来，一遍遍地和我说。

我握紧真真的手，很久之后我才明白此时的真真说话更多是用来自我安慰，用来掩饰她内心对郑烁的歉疚。

警车的鸣笛声让我们忐忑的心终于落了地，我们发疯一样地跑向警车，语无伦次地和警察说话，说当时的情境，说现在郑烁的危险处境，警察在听我们说完之后就安排人冲了进去。

我和真真手牵手站在城南速食厂的门口，等着郑烁出来。

我希望那个始终笑着的少年能够笑着从这个破旧的工厂里走出来。

只是我没想到，站着走出来的是那些蒙面的匪徒，他们脸上蒙着的面罩已经被摘下，确实是我们熟悉的人，包括那个和真真拥吻的男生。

警察押着他们走过我身边，真真跟跄地走向那个男生，高声问："为什么？告诉我，为什么要这样！你要什么我都给你，你想要钱和我说就是了，为什么要这样？"真真越说越激动，最后竟然控制不住要上前厮打那个男生。

我拽住近乎疯狂的真真，一遍遍告诉她要冷静，她却无论如何都控制不住自己，整个人都陷入了癫狂的状态。

还好郑烁在这个时候被抬出来了，他的出现成功地转移了真真的注意力。她呆呆地看着躺在担架上的郑烁，很久都缓不过神来。

我再也顾不上真真，疯一样地奔向郑烁。

他躺在担架上，脸上全是血迹，身上也有血滴滴答答地落下来，我看向他一直珍视的右手，上面也血迹斑斑。我伸手触碰他的右手，却不想刚碰到，就听到他的呻吟声。

郑烁一直很珍视自己的右手，即使被打都会保护得很好，可是现在一直被他竭力保护的右手都伤成了这个样子，更不要说身体别的地方。

我没有勇气接着看下去，只是忍不住流泪。如果不是我，郑烁不用受这么大的苦楚；如果不是我，他不用遭受这样的无妄之灾。可是面对受伤的他，我不知道要怎样表达自己的感动或者说感激。

不知道郑烁是感受到了我的眼泪，还是我的触碰让他痛楚，他缓缓地睁开眼睛，对着我笑笑，轻声说了句："我没事，放心，这个给你。"

这时我才注意到他怀里还紧紧地搂着一个包，就是他和真真互换时候手里拿的钱包。我接过那个包，他脸上才露出了如释重负的笑，他的笑让我再也忍不住泪流满面。

"没事了，别哭了，这次你可是又欠着我了。"郑烁一边抬手给我擦眼泪，一边笑着对我说。

我知道他是在安慰我，可他越是这样，我越是难受，心底的愧疚怎么都挡不住地涌了出来。

我眼睁睁地看着他被送上救护车，看着救护车疾驰而去，我心底的感动却如潮水，一浪高过一浪。

我们赶到医院的时候，检查已经结束。被打肿的脸是皮外伤，但是身上有多处骨折，尤其是右臂骨折，右手指关节受伤。

见到从急救室出来，手被绷带包裹的郑烁，我的心被内疚填满，我看着他不知道要说些什么才能表达我此时的心情。

"我问过大夫，胳膊和手都没事，过段时间就可以再画画了。"

郑烁看着我，无奈地叹口气，轻声宽慰。

我的眼泪再也忍不住地落了下来，他的右手永远都是他最在乎的，即使在急救室，他关心的都是自己能不能再继续作画。

"你不用担心，真真说了，你的生活费她会负责的，你好好养伤就行。"我轻声对郑烁说。

郑烁却只是摇头："不用了，我还有些积蓄。"

"真真怎么样？她可是吓坏了。"郑烁听我说到真真，担心地问道。

"为了让她给我电话拿钱，他们也打了她，胳膊骨折了，也住院了，不过这不是最重要的，她知道了绑架她的是她的那些混混朋友之后，有些接受不了，刚才我过来的时候她还在哭。"我轻声将真真的情况告诉郑烁，郑烁却只是叹息。

确实，我们这个年纪还没有强大到对朋友的背叛无动于衷，而那些人对真真的背叛太狠烈，她一时间还接受不了。

"谁照顾她？"郑烁突然想起什么一般，轻声问道。

我之前和郑烁说过真真的父母都在国外，现在她出了这样的事情，即使回来都需要一定的时间，而真真这个时候最需要人照顾。

"我照顾，现在她只相信我，别人在她身边她总是哭。"我无奈地告诉郑烁。

郑烁惊讶了一下，显然没想到这次绑架案之后会产生这样的后果，他很担心地说："你还是好好陪着她，如果弄不好怕留下心理阴影。"

这也是我所担心的，所以我才寸步不离地照顾真真，希望她能尽快好转。

"我得去看着她了，找不到我，我怕她又要哭了。"我无奈地对郑烁说完就准备离开，这次来看郑烁都是我趁着真真睡觉的时候跑出来的。

"好，你快去。"郑烁赶紧催我离开，却在我走到门口的时候突然开口对我说，"我记得真真有个男朋友，你说过她很依恋他，如果可以，你让他回来帮帮你。"

我轻轻点头说好。这个时候我没有心思把真真和白帆的事情告诉他，但我明白，现在找白帆帮忙是个很好的选择，肯定也会对真真的恢复有帮助。

我趁着真真睡觉的间隙，用她的手机给白帆发了短信，告诉她真真被绑架了，现在在医院里。

不管白帆做什么样的选择，我总觉得应该告诉他真真的情况，毕竟真真出了这样的事情与他也有很大的关系。

短信一直没有收到回复，我以为白帆不会再和真真联系，毕竟他们之间上次的误会还没有解除。

晚上，我喂真真吃饭的时候，她张着嘴，突然僵在了那里，她盯着门口，眼泪簌簌地落了下来，接着哽咽出声。

看着她委屈的样子，我不解地看向门口。

白帆行色匆匆地站在那里，眼中满是疲惫和担忧。

"白帆……你怎么才来？"真真终于哭出声来。

她的话音未落，白帆就三步并作两步地闯入了病房，将真真抱在了怀里。

真真猛地号啕大哭起来，好像受尽了委屈的孩子。

我知道他们两人之间还有很多话要说，就赶紧离开了。我相信经过这一次的事情，真真能对爱情有新的认知，也会与那些人彻底断绝关系。

真真虽然因为这件事受到了惊吓，却和白帆恢复了亲密的关系，这也算这件事情整个过程中唯一的一点儿喜色了。

在医院的这段时间，我才意识到为什么真真说白帆爱她，白帆对她确实是百依百顺，事必躬亲，而真真的脸上也渐渐有了笑容。

我曾经对白帆说过感激的话，可白帆只是淡淡地笑笑，说这是自己应该做的，但是在和白帆说话的时候，我总隐隐约约觉得他和之前有什么不同，却又说不出具体是哪里不同。

我曾问过真真有没有发现白帆有了变化，真真只是摇头，很久之后才淡淡地说："我俩经历了上次那样的事情，总是要成长的。"

真真将白帆神色的变化理解为成长，而我总觉得这变化和成长不同。只是我已经不愿意去想这些事情了，经历了这么多的波折之后，我唯一的期盼就是我们的人生再也不要横生波折。

03

郑烁虽然一直在强调自己的伤并不重，但事实并非如此，他在医院待了整整一个月，医生才点头同意他出院。

我去医院看郑烁的时候，郑烁正坐在床上为临床的病友画画。看到我进来，他兴奋地站起来，说自己准备好了，马上就可以出院。

"郑烁，不要转移重点，你又没等出院就画画。"我忍不住嗔怪道。

因为心底的愧疚，我几乎每天都来医院一趟，陪陪郑烁，与他说说学校的事情。从十几天前开始，每次我来都会看到郑烁给人画画，在这里他画画不再是为了微薄的生活费，更是为了他心里的热爱。

但是相比郑烁对理想的执着，我更希望郑烁能尽快恢复到之前的样子，更不想他因为过早拿起画笔留下任何后遗症，所以每次我都会阻止他，可是郑烁只是嘴上答应，等我离开又我行我素。

"苏浅，你忘了，我今天出院，刚才医生查床的时候我问过了，我恢复得很好，画画不成问题。"郑烁有些炫耀地扬起自己的右手，喜悦溢于言表。

"我帮你收拾东西，一会儿叔叔阿姨要来。"我放下包就帮他收

拾东西。

他有些羞赧地坐在床上看着我忙前忙后，我转身看向他的时候，才看到他眼睛里晶亮的神采。

看到我看向他，经常一副不羁样子的郑烁蓦地红了脸。

我不由得笑着问："什么时候你也变得这么害羞了？"

"胡说什么，我长这么大还不知道什么是害羞呢，你刚才是害羞吗？你看我害羞做什么，难道是看上了我的花容月貌，英俊帅气……"郑烁好像是为了掩饰自己的尴尬，不停地说话，喋喋不休的样子更加暴露了他的异常。

我不与他争辩，接着收拾东西，等收拾完了他的父母也来了医院。虽然我经常来医院，却从来没碰到过他的父母，这次见到，我不由得再次将郑烁帮我们的事情说了一遍，郑烁倒是没有打断，只是坐在病床上安静地听着。

等说完之后，我看向郑烁，郑重地对他说："郑烁，这么多日子，我一直想找个机会和你说的，今天叔叔阿姨都在，我就把憋在我心底的话说了。"

"别跟我表白啊，我可是祖国的大好青年，你真表白了可就毁了我这祖国的花花草草了。"郑烁话语中依然带着调侃。

看着他不在意的样子，我低头沉默了一会儿，才说："郑烁，谢谢你，谢谢你在我最无助的时候在我身边，谢谢你救了我最好的朋友。"

我的话刚说完，郑烁的爸妈就不停地说我和郑烁是同学，帮助同学是郑烁应该做的。

　　脸上始终带着笑容的郑烁在听我说完之后，拽住了我的胳膊说："苏浅，其实你不用谢我，如果真要谢，你们就好好谢谢我爸妈。"

　　郑烁的话让我有些摸不着头脑，不知道为什么郑烁会说出这样的话。我看着同样一头雾水的郑烁的父母，不解地看向郑烁。

　　郑烁依然笑着，缓缓地说了一句："我小名叫雷锋，我爸妈取的，如果不是他们给我取这个名字，我估计当时我不会帮你，不会冲上去。"

　　郑烁风趣的话让病房中的人都忍不住笑了，我知道郑烁这么说是为了减轻我心中的感激和愧疚，心底更为感动。

　　"所以呀，苏浅同学，我就是来为人民服务的，你是人民的一员，所以你不用心存感激，这是我应该做的。"郑烁的目的显然不只是为了愉悦我们，他再次认真地对我说，好像担心刚才的一番话不足以让我明白他的意思。

　　我对着他点头，忍着笑说："那我代表人民感谢你。"

　　郑烁得意地点头，好像他真的成了人民功臣一样。

　　我和郑烁的父母陪着郑烁走出医院的大门，郑烁看着空中的太阳激动地说："小花园呀，我终于能与你见面了，都想死我了！"

　　这个时候我才知道在住院的这段时间中，虽然郑烁绝口不提自己

的兼职，不提小花园，但他的心早已经飞到了那里。

我和郑烁都没想到，真真会在医院门口等着，白帆陪着她，拿着一束鲜花，笑意盈盈地站在那里。

之前在医院的时候，我已经向郑烁说过真真的情况，她确实留下了心理阴影，现在对我和白帆有太多的依赖。

"郑烁，谢谢你，我……"不等说完话，真真再次泪染于睫。这段时间只要想起那天的事情，她就会反复责怪自己，说是自己害了自己，也害了郑烁，一想到当天的事情她就控制不住地流泪。

"都过去了，没事了。我听苏浅说过，你是因祸得福，和你男朋友言归于好了。"郑烁说话依然带着玩笑的语气，却成功止住了真真的眼泪。

听了郑烁的话，真真娇羞地看了眼白帆，然后投进了他的怀抱中。

"苏浅，你和真真他们回去吧，我现在去投奔我的幸福生活了。"郑烁接过白帆递过来的鲜花，将我推到了他们两人面前。

"我……"我其实不想打扰白帆和真真的幸福生活，但是真真有车，我要回家最好的选择就是蹭真真的车。

"我觉得你有做灯泡的潜质，所以你尽量发挥自己的光和热，我走了。"说完，郑烁就跟着自己的父母走了。

我则跟着真真和白帆回家。

上车后，我才发现自己真的成了尽情发挥光和热的灯泡，因为原先一直会陪我坐在后排的真真，这次竟然舍弃我，坐到了副驾驶的位子上，只因为白帆是司机。

　　我尴尬地坐在车里，看着真真不顾驾驶规则几乎黏在了白帆的身上，忍不住轻声咳嗽一声，希望真真能意识到我这个外人还在场。

　　白帆对真真的行为没有拒绝，但是总感觉接受得有些不情不愿。

　　绑架事件结束之后，真真对白帆的依恋愈发严重，也因此白帆每个星期都会赶回来陪着她。他的初衷是让真真渐渐淡忘绑架的事情，可结果却是真真变本加厉都缠着他，几乎连上厕所都要报备。

　　因为之前就感觉到白帆与之前的不同，我细心地观察过白帆，发现白帆看向真真的眼神很复杂，可是真真对白帆的感情却变本加厉，几乎受不了白帆离开她一分一秒。

　　"苏浅，我今天晚上让白帆陪我，就不和你一起睡了。"真真终于想起了坐在后座的我，猛地转身告知。

　　我轻轻地点头，继续看向白帆的背影。

　　绑架事件之后，真真就不敢自己一人睡了，每到晚上她都会做噩梦，梦到她周围的人要杀她，为了避免每日在噩梦中惊醒之后的无助和彷徨，她就睡在我的身边，在被梦惊醒之后她会趴在我的怀中哭泣。

　　即使白帆回来，真真都不会跟他在一起，她说怕白帆知道自己的

情况会担心，但是现在真真显然不在乎白帆会不会担心了，她只想一天二十四小时黏着白帆。

"白帆，我想你了，你今天晚上就收留我吧，求你了。"说话的时候真真的胳膊攀住了白帆的肩膀，白帆一个急刹车，我们三人都向前扑去。

等稳住了身体，我不由得看向车前面，一个男子高声喊道："你瞎眼了，怎么往人身上撞，看不懂红绿灯呀？"

白帆见状赶紧掰开真真攀着自己的胳膊，下车赔礼道歉。

真真讪讪地坐在车里，小声说："我也没想到，我只是想和白帆亲近一下，我没想到会……"

"白帆能理解的，你不要胡思乱想了。"我见真真一副委屈的样子，赶紧安慰，怕今天的事情再次在她心中留下阴影。

"嗯。"真真像受伤的小猫一般怯怯地看着我，弱弱地点头。

只是我没想到白帆回到车上之后，竟然不满地瞪了真真一眼。

真真看着白帆的眼神猛地就流下泪来，轻声解释说自己不是故意的。

我在后座上看着白帆的神色，似有厌倦一般，但是不长时间这厌倦就渐渐退却，重新覆上一层温柔。

他轻声安慰真真："我只是觉得太危险了，以后不要做这么危险的事情，现在已经没事了，你不要哭了。"

真真慌乱地点头，但是点头之后，她的胳膊还是不由自主地攀上了正在开车的白帆，白帆一僵，然后用另一只手将她的胳膊推离。

真真有些无助地看着白帆，一脸的委屈，却得不到白帆的回应，她只能委屈地看着我。

我轻轻地拍了下真真的肩膀，却抚平不了白帆的冷淡对她的伤害。

白帆将我们送到家之后就去买饭了，我和真真坐在空旷的客厅里，真真的脸上依然挂着委屈。

我忍不住再次问她："真真，我总觉得白帆和之前有些不同，你感觉到了吗？"

真真有些不解地看着我，缓缓摇头："你怎么老这样说，他还是和之前一样啊。"

我不知道真真的感觉是否正确，我确定的是，如果是以前，白帆绝对舍不得将真真推离。

"苏浅，白帆很爱我，很宠我，他对我很好，你放心。"说到白帆的时候，真真神色中全是幸福。

真真现在就是沉浸在爱情中的女子，她满心全是对白帆的依恋，哪里会注意白帆的异常。

不过真真安慰我的话却让我明白，真真和白帆之间，不是白帆离不了真真，而是真真依恋着白帆。

这个发现让我心底的担忧更重。如果说是白帆离不了真真，那我不用担心白帆的任何行为，也不用担心真真过分的举动，可是如果恋爱双方的主动权握到了白帆手里，我真的有些不敢确定这感情最终的走向。

所以，我应该找白帆谈谈了。

在真真睡着之后，白帆一个人在客厅里出神，我走出房间，对他说我想和他谈谈。

白帆看着我，微笑着点头，示意我坐下。

"白帆，我先跟你道歉，之前那件事情我不该帮真真拦着你，但是我没有恶意，我希望你们能好，不希望你们之间有不必要的误会。"我诚恳地道歉，为那天将白帆挡在家门口的事。

白帆没有说话，只是安静地看着我，眸子里的光是淡漠的，好像并不介意我当初拦着他。

"虽然我做错了，但我的初衷是好的，所以请你看在我的用心上，原谅我。"我接着说话，因为这是我和白帆之间的隔阂。

只是白帆依然没说话，显然他不愿意原谅我当初的作为。

我有些无奈，但还是硬着头皮接着说下去："我和真真七年的朋友，比你都要了解她，她是一个非常纯粹的女孩子，在她的眼里只有爱与不爱，即使她和别的人一起玩乐，她心里都很清楚她爱的是你，她曾经和我说过，和那些绑匪他们之间只是金钱关系，她之所以接触他们，也是因为你不在，她很寂寞，热闹不过是她掩饰内心寂寞的方式，所以，请你理解。"

我说话的声音很慢，我希望这话能如水一般流入白帆的心底。

白帆没有说话，只是安静地看着我。我希望能得到他的回应，可是在我盯着他看了许久之后，他依然那样安静地坐在那里。

"白帆，真真的爱很单纯，爱便是不计后果地去爱，不爱那就是老死不相往来。这么多年她只爱过你，即使你们隔着太远的距离，她心心念念的都是你，外面的诱惑太多，可是因为你，她总是努力控制自己的言行，所以我希望你能善待她，不要让她伤心，经历了上次的事情，她再也经受不住失去你的打击。"

我说话的时候紧紧地盯着白帆，希望能看到他最真实的内心。

我终于还是看到了白帆的心思，但是结果让我很失望，因为他眼底依然无波，隐隐有绝望泛出。

我几乎可以确定，他现在对真真的感情已经在消逝。

慌乱也就在那一瞬间猛地在我心头泛起，为真真，更为她现在奉为生命信仰的爱情。

我怎么都没想到，在我心底一片哀伤的时候，白帆轻轻叹息道："这些事情我比你更明白，我会对真真好的。"

我几乎不敢相信自己的耳朵，愣愣地看着白帆。

可是说完那句话之后，他依然是冷淡的，不等我再开口，他就转

身回了真真的房间。

　　看着他的背影，担忧重新泛上我的心头。

第七章

CHAPTER 07

死亡

01

苏之行死了。

在接到电话的那一瞬间，我整个人都僵住了，不知道要如何反应，眼前浮现苏之行的样子，他高兴的样子，恼怒的样子，还有我们最后一次见面时，他得意地向别人炫耀的样子。

我心中有苏之行太多的样子，唯独没有他死的样子。

"怎么可能？"我不相信耳中听到的，只觉得这是别人和我开的玩笑。

都说祸害遗千年，他怎么可能这么快就死了？

我甚至都做好了这一生都要为他的不争气生气的准备，可是还没等我长大成人，那个被我称之为父亲的人却死了。

"我是派出所的，给你电话是让你过来认领尸体，你尽快过来吧。"电话那端的声音冰冷得好像寒冬的天气，也将我的世界推入万里冰封的深冬。

即使电话那端说是派出所，我也不敢相信这件事情。我自动屏蔽这个信息，继续自己的生活，可是在上课的时候我会莫名地失神，在吃饭的时候我会突然地发愣。

和我一起吃饭的真真发现了我的异常，轻声问："浅浅，你怎么了？"

"派出所打电话来说，苏之行死了。"我平静地说完这些，就继续低头吃饭，只是我根本感觉不到嘴里菜的滋味，味同嚼蜡。

"什么？"真真显然不敢相信自己的耳朵，或者她不敢相信在得知苏之行的死讯之后还这样淡定的我。

"苏之行死了，现在在派出所里。"我低头说话，只觉得自己的脑子已经停止了运转，我就像一台机械，一具没有了思想的行尸走肉。

"怎么死的？怎么突然就死了？"真真依然不相信我的话，可能是我的神情让她觉得这只是我一时生气说出的话。

我轻轻地摇头，说："就是因为不知道他怎么死的，也不相信他会这么快死去，才觉得这一切不可能。"

"那你去看看呀，他再浑账，都是你的父亲。"真真已经急了，她拽着我的手，恨不得马上就把我送到派出所。

我没有回答，就是因为他是我的父亲，不管他怎么浑账，那都是和我血脉相连的人，都是我的父亲，所以我才不相信，我才不知道要

怎样面对。

我看着真真，一脸茫然，很久才告诉她："我不知道要怎么办了。"

"先去派出所确定是不是真的死了，然后问清楚怎么死的，最后办葬礼。"真真回答我的只有简单的几句话，但是她的话猛地将我唤醒了。

是的，如果苏之行真的死了，我不能放着他的尸体不管，他是我的爸爸呀。

但是在走到派出所门口的时候，我突然间再次陷入了茫然之中，不知道要怎么做，也不知道做了什么，我甚至都记不清是怎么去的派出所。

很久之后我只记起我看到苏之行尸体的场景，他确实是死了，身上没有了热气，更没有了见到我时的怒气或者怨气，就那样安静地睡在那里，鼻青脸肿，身上有斑斑血痕，衣服破破烂烂地挂在身上，如果不仔细看会以为他只是个衣衫褴褛的乞丐。

我走到他的尸体前，看着那张一直让我讨厌却摆脱不了的脸，还是那样熟悉的神情，带着几分笑意，带着几缕贪婪，只是那笑意和贪婪此刻却定格在了他的脸上。

"苏之行，你快点起来，是不是又欠了别人的钱？又骗我给你还钱是吧？你装死我也不会帮你还的，你知道，我没钱。"即使是见到了苏之行的尸体，我依然不敢相信，如果有选择，我宁愿选择他又骗我了。

可是苏之行躺在那里，任凭我怎么说都没有感觉，不会再跳起脚骂我，不会再炫耀自己那富二代的儿子，更不会炫耀自己赌博又赚了多少钱，不会永远都是那样一副不争气的样子，懒散地看着所有人。

"苏之行，你不是挺厉害吗？躺在这里算什么本事，有本事你起来，咱们俩好好谈谈！你上次说我是安哲的秘书这事，我还没和你算账呢，你得给我讲清楚！"苏之行依然安静地躺在那里，脸上的笑容怎么看怎么都是不屑一顾，我不由得恶声恶气地说话，可是他依然安静地躺在那里。

在这个时候，他没有冲我发火，没有说让我难堪的话，没有站起来让我滚，我才意识到，他再也不是那个让我厌弃的苏之行，他现在只是一具尸体，一具与我有着最亲密血缘关系的尸体。

心痛，在我意识到的那一刻猛地袭击了我的心，带着酸楚的泪也簌簌地落了下来。

此刻，我竟然没有解脱的释然，反而泪流满面，除了眼泪我不知道还有什么能表达我此刻的哀伤。

"苏浅，签字吧。"就在我不知道要怎样唤醒苏之行的时候，身

181

后的警察把死亡证明递到了我的面前。

我看着"苏之行"三个字，看到"死亡证明"四个字，我的泪水突然止住了，我只是呆呆地看着那张纸，脑子再次陷入一片空白。

我不知道自己是怎么签的字，只是木讷地站在那里，听警察说话。

"苏之行欠了很多赌债，这个你应该清楚。"那个警察冷静地和我说话。

我麻木地点头，在见到苏之行的尸体之后，我正常的思维好像已经随着他一起死去，只剩茫然在心底起伏。

"我们做过调查，他应该是被债主们打死的。"那警察的声音依旧冷静，我脑海中却已经浮现出他被打的画面，心底的痛意猛地泛滥起来。

"我们发现的时候，他已经死了，尸体都僵硬了。"那警察见我没有回应，接着说道。

他的声音冰冷得没有任何温度，在这声音的浸润下，我的身体也变得一片冰寒。

想要苏之行命的赌徒，不过是因为钱财罢了。他肯定是欠了别人钱，没钱还债，才被人活活打死了。

看着苏之行带着紫色血迹的红肿的脸，看着他身上的斑斑血痕，还有凌乱的衣服，我不由得悲从中来，如果之前我能阻止他赌博，如果之前我不给他钱，他会不会少赌一些，那样他会不会还活着？

都是我害了他。当我意识到这一点的时候，我悲伤得厉害，心痛得厉害。

也就在这个时候我才清楚，原来我平日里喊着的让他去死之类的话全是气话，如果早知道那样的诅咒会成真，我当初就不会说那样的话。

只是即使我再后悔都无力改变现在的事实，不管我愿意不愿意，苏之行都死了。那个我不喜欢却是我父亲的人死了。

我忘记了自己是怎样走出派出所的，更不知道接下来要怎么做。我只知道，我成了没有父亲的孩子，而那个父亲我恨得要死，可是当他真的死了，我才发现其实我是不想他死的。

只是这一切，我知道得太晚了。

出了派出所，我茫然地走了许久，心才渐渐变得清明，才想起这个时候我应该给安哲打个电话。

不管对苏之行，他现在是爱是恨，苏之行终究还是他的父亲，他应该知道苏之行现在的情况。

"你找我做什么？"安哲的话中带着些许厌恶，好像我是苏之行一般。

我知道他这并不是针对我，他所有厌恶或者不耐烦的情绪流露都是因为苏之行，而我是始终提醒他他与苏之行关系的存在。

"爸爸死了。"我现在已经没有心思理会安哲的情绪，我只是告诉他这件事情，因为苏之行不仅仅是我的父亲，也是他的父亲。

我的话说完，电话那端就只剩一片沉默，我听到安哲喘息的声音，一声声在我耳边起伏。

我不知道安哲是不是和我接到通知的时候一样，世界都变得空茫了，或许他也不相信这个消息。

"安哲，你在听吗？苏之行死了，我刚从派出所出来，如果你有时间可以过来看看，毕竟你们……"

我不知道为什么要对安哲说这么多，或者说我只是以我的心忖度他的心，可是不等我把话说完，我的耳边就只剩下了电话的忙音。

"嘟嘟嘟"，一声比一声清冷的声音，让我拿着手机僵在风中。

安哲竟然连话都没和我说一句就挂了电话。

我没想到安哲会有这样的举动，但只过了片刻我就释然了。安哲之前说过自己和苏之行再无关系，不管他的生与死，所以他现在才不会说一句话，可是他的喘息声还在我的耳边，那起起伏伏的声音出卖了他，他做不到将苏之行当成陌生人那样冷情。

我站在风中苦笑不已。苏之行，那个一直吹嘘安哲是自己最优秀的儿子，自己是富二代的父亲，怕是不会想到他的儿子会将他去世的消息当作一条与自己无关的新闻，而这一切又都是他咎由自取。

虽然我和苏之行父女之情淡漠，但是作为他的女儿，我还是为他筹备了葬礼，葬礼的钱都是真真借给我的。

如果苏之行九泉之下有知，应该感谢真真，这个和他几乎毫无关系的女孩借钱给我，为一生落魄的他举办了一场简单的葬礼。

和我关系好的同学都来参加了苏之行的葬礼，因为不知道我家里的真实情况，除了真真之外，我所有的朋友都以为死去的是一个爱我的慈父，所以他们不停地安慰我。

在葬礼上，我哀伤地守在苏之行的身边，看我那些要好的同学哀伤的面色，听着他们一次次说着节哀的话，我的眼泪往下流，可是我却感受不到心底的哀伤。

我不知道用什么字眼来形容我此刻的心情，伤心，解脱，或者说是麻木？

我没有参加过别的葬礼，不知道别人的亲人去世之后他们是不是和我一样，心底麻木，连眼泪都像是逢场作戏。

葬礼的时间和地点我在确定后的第一时间就告诉了安哲，虽然那天他挂断了电话，但苏之行毕竟是他的父亲，父亲的葬礼他可以选择不来，但是筹办葬礼的我不能不告诉他。

心底深处，我是期待安哲能来的，因为我们是苏之行在这个世界上为数不多的亲人。我希望我们能一起送苏之行最后一程，不管苏之行之前做过什么，不管苏之行多么让我们失望，我都希望安哲能来，不给自己，也不给苏之行留下一丝遗憾，可是直到葬礼结束安哲都没有出现。

"苏浅，火化的时间到了，得送叔叔过去了。"真真见我眼睛木然地盯着门口，显然不明白我为什么坚持再等一会儿，她本能地以为我在等什么亲人，可是她又清楚除了苏之行，我再无亲人。

"再等等。"我轻声说完，依然盯着殡仪馆的门口。

我希望安哲能在最后一刻出现在那里，不是为了安哲，而是为了苏之行。

因为安哲是苏之行的儿子，是苏之行一直引以为傲的儿子，可是他应该很长时间都没有见过安哲了，现在是最后的机会，我想即使九泉之下，他也希望能见自己优秀的儿子一眼。

"苏浅，不能等了，错过了时辰不好。"一直在我身边的庄辰轻声和我说，他以为我是留恋和苏之行这最后的时光。

看着一脸哀伤的庄辰，我轻轻地点头。既然这是安哲的选择，我没有办法改变，倒不如让苏之行入土为安。

看着苏之行的尸体被人拖走，我终于叹了口气，为他这庸碌的一生，或者也为我自己。

守在我身边的庄辰显然听到了我的叹息，他说："苏浅，叔叔希望你开心，快乐，所以你一定要节哀。"

我看着庄辰眼中的心疼和哀伤，忍不住苦笑。我和苏之行之间所有的爱恨都已远去，所有的喜悦和哀伤也已经成了过往，现在留在心底的只有茫然。

我不知道自己的未来会怎样，不知道我的亲情要到哪里寻找寄托，更不知道接下来我要做些什么……

只是我的神情落到庄辰的眼中，他心疼莫名，以为我是痛失慈父的孩子。

葬礼过后，我将苏之行墓地的地址发给了安哲，只是一切如泥牛入海，我始终没有得到安哲的回音。

我一直在等安哲找我，可是安哲却突然变得和我毫无关系，即使在校园里遇到也只是平静地走过，好像我只是与他擦肩而过的陌生人。

02

我以为苏之行的离开不会影响我的生活，但是葬礼之后，我却陷入了前所未有的失落中。

我甚至无法解释我现在烦乱的思绪，苏之行在他离去之后成功地霸占了我的生活，在我闲暇的时候充斥着我的心，我无论如何都挥之不去。

所以，忙完一天的功课，我就会离开让我沉闷不已的教室去实验楼后面的小树林里，我总觉得静谧的环境能舒缓我心底的疼痛。

我坐在小树林的长椅上，深深地呼气，看天空里的云卷云舒，那云竟变成了苏之行的面孔，带着笑，带着对一切事情的不屑，还有得意。

这是我最为熟悉的面孔，可是现在已经阴阳两隔。

看着那张脸，我控制不住地流下泪来，不久就泣不成声。

我不知道自己为什么在苏之行离去这么多天之后，想起他还会控制不住情绪，我不知道有什么办法能让我从这失落中脱离。

只有眼泪能帮我宣泄，可是流泪之后心底的空茫更浓。

在小树林中待着，我经常会忘了时间，也一直忽视周围来来往往的人，我将这方天地留给自己，也留给苏之行。

郑烁不知道什么时候出现在了我的身边，等我发现他的时候，他对着我淡淡一笑，继续坐在那里，也不说话。

等我终于哭够了，转头看向郑烁的时候，他依然安静地坐在那里，看着我微笑。

他的笑让我莫名心安，我控制不住地将头靠在郑烁的肩膀上，看着将要落下的夕阳。

　　"苏浅，有什么心里话你说给我听吧，我知道你心里不好受。"郑烁的声音淡淡的，如现在晒在我们身上的阳光，暖暖的。

　　"郑烁，他不是个好爸爸，可以说特别失败，你知道吧，他喜欢赌博，赌输了就回家打我妈，后来我妈走了，他就骂我，打我，郑烁，你没见过这样的爸爸吧？"

　　郑烁安慰的话语成功打开了我的心扉，我将心里那不堪的苏之行说给他听。

　　即使我和郑烁关系熟稔，都没曾将苏之行的真面目暴露给他看，郑烁显然也惊呆了，他愣愣地看着我，很久都没有说话。

　　"郑烁，你可能更不知道苏之行面前的我是什么样子，你还记得我骂刘美妍和安哲吧？我骂苏之行要比他们厉害多了，最厉害的时候我骂他恬不知耻，臭不要脸，他很少骂我，一般直接动手。"我故意让自己脸上带着笑，可是说出来这些话的时候，我嘴里全是苦涩。

　　郑烁依然没说话，只是伸手拍了拍我的肩膀，带着安慰的笑容。不知道是他的笑容让我太安心，还是自己说出的话激起了心里的愧疚，我的痛苦竟然得到缓解。

　　"苏浅，我早就知道你恶劣的样子了，你不用忌讳，有什么就

说，我不会嫌弃你的。"郑烁努力扭转我们两人之间哀戚的气氛。

我知道他的用意，靠得他更紧，郑烁伸手揽住我的肩膀，我趁势将头埋进他的怀里，闻到他身上淡淡的清香，心底更加安稳。

"郑烁，其实我这段时间一直在怪自己，因为我俩打架的时候我曾经诅咒过他，我希望他不得好死，在他赌输了胡闹的时候我就想着这辈子最好能再也不见他，可是他真的死了以后，我才发现，我还是不愿意他死，即使他很让我头疼，让我恼火。"我在他怀里低声地说。

郑烁轻轻地拍打着我的后背，一下又一下，好像在安慰一个孩子。

"郑烁，我以为我是恨苏之行的，可是他死了，我竟然发现对他我不只是恨，我发现我的生活缺少了他就少了很大一块，我甚至想他回到家的样子，想他冲着我高声喊，想他炫耀自己的前妻和儿子，想他赌赢了得意的样子……

"苏之行会死，我是有责任的，如果我不纵容他，他要钱的时候如果我不给他，他可能不会赌得这么厉害，也就不可能因为欠赌债被人打死。他是被人活活打死的，死之前可能还没吃顿饱饭，不知道他死的时候饿不饿，疼不疼，我终究是他的女儿，其实我更盼着他能寿终正寝。

"我没想过要多么孝顺他，可我是想过的，等我长大了，给他买酒，赚了钱要给他一些，赌博可能不够，但是生活应该无忧，可是这一切，还没实现，他就走了，留给我的全是遗憾。

"郑烁，之前我以为我是个不孝的女儿，可是现在我想做个孝顺的女儿，却没有机会了。

"郑烁，你可能不知道，我有个同父异母的哥哥，就是安哲，这也是为什么那天他帮刘美妍说话之后，我骂了刘美妍还骂他，因为我心里盼着安哲能帮我说话，毕竟我们有着血缘之亲。"

我说到安哲的时候，明显感觉到郑烁的身体一僵，但他还是耐心听我讲，轻轻地拍打着我的后背，一下又一下。

"我妈是苏之行和安哲妈妈婚姻中的第三者，在他们还没离婚的时候我妈就生下了我，所以我只比安哲小一岁。安哲的妈妈和苏之行离婚后，安哲跟着妈妈改嫁了。之前他与苏之行并无交集，不知道从什么时候开始苏之行跟安哲要钱，威胁安哲，为了让安哲屈服，他甚至给安哲的妈妈寄之前的情书，安哲被逼得没了办法，给了他很多钱，但是也和他断了关系。你说苏之行是有多失败，自己的儿女对他都避如蛇蝎。"

郑烁也感觉到了我的无奈，轻声附和："确实够失败的。"

"可是这么失败的爸爸，我竟然舍不得他死，他死了我难受得要

命，我以为安哲也和我一样，可是我没想到我给安哲打电话，告诉他苏之行去世的消息时，他竟然挂断了电话，连苏之行的葬礼都没来参加。之前他给苏之行钱的时候就说过了，以后再也没有苏之行这个父亲了，可是我没想到他竟然真的说到做到。"

说到安哲，我心底的苦涩竟如海潮般蔓延，如果不是对郑烁说出心底的话，我都没有意识到原来我对安哲也有这样多的怨念。

"安哲不是一个绝情的人，不然一开始他不会把钱给叔叔的，他不去参加葬礼，肯定也有自己的苦衷，他毕竟和你不同，他还有一个父亲，如果他参加了叔叔的葬礼，他的另一个父亲会怎么想？毕竟他现在的父亲有着很高的知名度，他处理不慎有可能会影响他现在的父子关系。叔叔如果在天有灵，肯定更期待安哲能够更好地生活，而不是因为一个他惹得家庭不和睦。"

郑烁的话暖暖的，将我心底的怨念缓缓抽出，他的话很有道理，让我郁结于心的怨念缓缓释放。

"苏浅，你是个善良的女孩，你以为的自己的嚣张、狠毒不过是为了保护自己，不然你不会后悔当时你对叔叔说的话，叔叔肯定也明白你是怎样的孩子，不然他不会跟你要钱，知道你的善良，他当然就不会责怪你。

"我听我妈妈说过一句话，就是他们最大的期望就是儿女能好，

即使叔叔很不靠谱，但是天下父母心都是一样的，他肯定希望你能够开心快乐，能够幸福，而不是像现在这样自怨自艾。所以，为了他能安息，你一定要高高兴兴的，如果知道你现在因为他的死陷入了悔恨和悲伤之中，他肯定不会高兴。"

见惯了郑烁天马行空的说话方式，他突然这样语重心长地说话，我有些诧异，但是他的这些话语成功安慰了我，这些日子郁结的心竟然没有原先沉重。

"郑烁，谢谢你。"我将头埋在郑烁的怀里，心里前所未有的平静。

"我记得和你说过，我是雷锋，所以不用再代表人民感谢我了。"

我没有看到郑烁的表情，但他的话语是带着笑意的，就好像他的人，和他在一起总会让我生出世界只剩下笑意的错觉。

我没再说话。在这样的情形下说感谢的话有些太矫情，因为表面上的谢意根本无法表达他对我的影响，是他将带我从阴霾中走出来，是他让我重新感受到心底的阳光。

"苏浅，你看这夕阳。"郑烁将我埋在他怀中的头拽出来，逼着我看向不远处已经染红了半边天的夕阳。那夕阳金色的光正好落到我们身上，我转头看向郑烁，他的身上也被镀了一层金红的金光。

"马上要落山了却还拼尽全力让自己璀璨绚烂，我们还年轻，有什么理由失落，有什么理由哀伤？赶紧好起来，马上就要毕业了，咱们该为自己的未来拼搏，别沉溺于往事了。往事难追，我们能做的就是把握当下。"

说完，郑烁郑重地看着我，紧紧攥住我的手，神色中的坚定让我动容。

"郑烁，还是要谢谢你。"尽管清楚谢谢无法表达我此刻的心情，但是除了谢谢，我真的不知道要怎样表达自己的心情和感激。

郑烁没再说话，只是安静地坐在我身边，陪着我看夕阳落下，看夜晚的薄霭渐渐升起，夜色缓缓笼罩。

后来的很多日子，我经常想起这个傍晚，抛却了当时郁结于心的愁绪和哀伤，充盈心底的是无尽的诗情和浪漫。

那个傍晚之后，我的心情渐渐好了起来，因为夕阳，更因为郑烁，或者说，因为那些死去的人和活着的人。

而我之前的状态也落到了庄辰的眼中，这天放学后，庄辰约我一起去肯德基写作业，我想拒绝，可是他说自己还有别的很重要的事情要和我说。

那天的烟花节后，我俩虽然都没再解释什么，却达成共识一般。我希望庄辰能在我们毕业之后再考虑我们的感情，而庄辰也默许了。

虽然我心底隐隐感觉我们之间没有未来，但庄辰却对未来很是期待，而苏之行去世之后，他更是经常照顾我的生活，俨然一副男朋友的架势。

他的行为让我很为难，几次叫他不必如此，可他还是坚持，在他悉心的照顾下，他的请求我也就没有了拒绝的立场。

在肯德基，我俩相对而坐，他递给我的依然是暖热的橙汁，而他自己面前还是可乐，对我的事情他永远都很细心。

"苏浅，叔叔的事情还请你节哀。"直到现在，庄辰都以为我的情绪是因为痛失慈父。可是我清楚，我之所以不开心不是因为心痛，而是充斥在心间的其他情绪，比如说愧疚，比如说纠结。

我没有回答庄辰，在他的温和面前，我不愿意说谎骗他，但是我无法将真实的自己袒露给他，我只能用淡淡的笑作为回应。

庄辰脸上闪过些许心疼，他伸手握住我的手，温暖的触感，轻重合适的力道，他的温情如水一样将我淹没，我看着他，终于还是低下头去。

"苏浅，今天找你来，就是想告诉你，你不要伤心难过，叔叔虽然没了，但是我愿意代替他照顾你。"庄辰说得认真，一字不漏地落入了我的耳中。

庄辰的话让我震惊，因为之前我们只是说好，等毕业以后可以考

虑交往，但是现在，他却说出了这样的话。

"庄辰，我……"我不知道要怎么回应，看着他，有些手足无措。

"苏浅，我知道我说的是什么，更明白我这话的含义，我不知道现在能帮你做些什么，我只希望你能明白我的心意。我希望能给你幸福，能保护你，能成为你的亲人。"庄辰动容地说着这些话，看向我的眼睛亮晶晶的。

我看得出他的期待，期待我给他一个答复。

"庄辰，我……"我不知道要怎样回答庄辰，我知道庄辰对我的心思，可是我也明白我的心底对他虽然有感觉，但仅仅是不讨厌，却不是喜欢，更不是爱，所以我不能给他一个答复。

"苏浅，你需要做的不多，你只要和我一起努力学习，咱们考上同一所学校，然后就恋爱，再就结婚。苏浅，我很爱你，希望你能答应我。"庄辰见我不回答，更紧张地说。

我看着庄辰，许久才给了他一个微笑。我没有办法骗他，给他许一个看不到的未来，更没有办法答应他，我不知道未来会是什么样子，更不确定我的未来里有没有庄辰。

我的笑让庄辰很高兴，因为对于我们的感情，我已经习惯了淡淡地回应，一个笑容都能让庄辰高兴很久，他习惯于将我的微笑或者沉默不语当成点头答应。

在我笑了之后，他又说了很多话，都是在描绘未来，他说他想考到上海去，他还说自己想学经济，问我想学什么专业。

他说话的时候神采飞扬，我看着，只感觉自己和他隔着太远的距离，他的未来是我触及不到的远方。

我没再说话，只是我清楚，就在庄辰为我许诺美好未来的时候，就在所有女孩应该为这样的许诺心潮澎湃的时候，我的心竟然是凉的。

我很清楚，我和庄辰没有未来。

03

对于庄辰的热情，我还是选择了沉默，因为毕业考过后，我的选择会让他明白。现在，我宁愿给他一个美好的希望，让他为这希望努力奋斗。

只是这个世界上并不是所有人都像我一样给爱自己的人一个美好的希望，比如说白帆。

我的预感再一次成真，白帆已经连续两周没有来找真真了。真真有些抓狂，整天泪汪汪地看着我，好像是我抛弃了她一样。

我看着她患得患失的样子，让她给白帆打个电话，问他什么时候

能过来。

真真依然有些犹豫，她好像已经习惯了白帆主动找她，但是因为心底对白帆的依恋，她还是拨通了白帆的电话。

白帆在电话那端支支吾吾，说这周没有时间。

"白帆，我想你了，特别特别想你，你来吧……"钱真真不停地哀求，可是电话那端的白帆不为所动。

"白帆，你不来的话，我保证后果会很严重的，我现在心情不好你知道的。"

"真真，我真的没有时间，我也很忙的。"电话那端的白帆无奈地说。

白帆的话让钱真真脸色都变了，她愤怒地说："你这周末必须过来，不然……"

白帆依然没说话，钱真真却沉着脸对着电话那端高声说："周六下午三点你必须得到，不然我和你没完。"

只是钱真真执拗的深情得到的却不是白帆满含柔情的肯定答复，我听到电话那端的他轻声叹了口气，说："真真，我考虑很长时间了，我们不合适，还是分手吧。"

听了白帆的话，真真愣住了，电话那端还有白帆的声音传来，只是她已经听不到白帆的解释了，她的心早已被绝望和眼泪侵占。

她看着我，眼泪决堤。

我费尽了力气才将真真的神智唤回，她不甘心地喃喃："为什么？苏浅，他为什么不要我了，我那么爱他……"

我不知道要怎样回答真真，爱情，从来都不是有爱就可以在一起的，只是现在这样诚实的话语会给真真更大的刺激。

真真疯了一样地摇着我的身体，高声地问我："苏浅，他为什么不要我？"

我不知道怎么回答，只能哀伤地看着她，抱紧她，听她在我怀里一遍遍地重复说话，她说："白帆不可能不要我的，白帆爱我，白帆喜欢我，白帆为什么不要我？"

钱真真是在和我说话，却更像是一遍遍地问自己，她笃定了自己和白帆不可能是这个结果，白帆不可能不要她。

我劝说不了真真，只能眼睁睁地看着她发泄自己心底的悲伤，直到她累了，缩在床角睡着了。

我给她盖被子的时候，她好像梦魇了一般，抱住刚盖到她身上的被子，轻声说："白帆，不要离开我，不要……"

我以为真真醒了，赶紧低头看她，却只看到她安静的睡颜，还有眼角溢出的眼泪。

夜里，真真睡得极不安稳，几次在梦中惊醒，都一遍遍地喊着：

"白帆，白帆，我在这儿……你不要丢下我。"

深夜里，真真的声音溢满了悲伤，仿佛夜啼的孩童，让人揪心不已。

我做好了第二天安慰真真的准备，却不想我睡醒的时候，她已经收拾妥当，坐在我的床头。

眼中没有了悲伤，她笑眯眯地告诉我："苏浅，白帆是骗我的，我得去找他，只要我过去，他肯定后悔和我说那样的话，他那样爱我，怎么舍得不要我。"

真真的话说得很深情，直到现在她都以为只要她放下架子主动走向白帆，白帆一定会心甘情愿地再次拜倒在她的石榴裙下。

和真真的笃定不同，此刻我心底更多的是担忧，担忧突然变成现在这个样子的真真，担忧她找到白帆之后，如果白帆给她的依然是分手的答复，她又要怎样面对。

"我陪你去。"不等真真幻想和白帆见面后的场景，我就打断了她的话。如果真真此行能追回白帆，那我会送上祝福，如果她追不回，那我要陪着她，因为她现在是我最重要的朋友，也是我唯一的"亲人"。

真真有些诧异，因为我很少介入他们两人的感情，但是见我坚持，她还是答应了，她很高兴我能见证她的爱情。

在赶往白帆所在城市的飞机上，真真还认真地对我说，她一直在筹备与白帆的婚礼，她说等白帆毕业的时候，自己已经20岁了，到时候她就结婚，嫁给最心爱的人。

真真还说着去寻找白帆的飞机是追求爱情的载体，她以后会经常坐飞机来看白帆。

不得不说，白帆提出分手让真真一改之前对他的态度，她已经变得战战兢兢，总在想着怎么讨好白帆。

不管真真说什么，我都不答话。我不敢扩大她的想象，我怕如果白帆拒绝，这些美好的幻想会成为压垮她的最后一根稻草，我只能尽量地制止这种情况的出现。

我们辗转到了白帆的学校，真真带我走到他的宿舍楼下，笑着和我说："白帆肯定会喜欢我给他的这个惊喜。"

真真到现在还不敢接受白帆要放弃她的事实，这让我的心揪得更紧。

"真真，你和白帆好好谈谈，把你最真实的心思都告诉他，知道吗？"到了白帆的宿舍楼下，我还是忍不住叮嘱真真，生怕她的冲动会将两人的关系推到万劫不复的境地。

真真笑着和我说知道，但是话刚说完，她的眼睛就直了，直直盯着我的身后，怒火在那一瞬间猛地在她眸子里燃烧。

我不解地转身，看到白帆正和一个穿长裙的女孩缓缓朝宿舍走来。两个人肩并肩地走着，有说有笑，白帆在说话的间歇还将手放到了那个女生飘逸的长发上，然后两人亲切地说话，在春日的阳光里竟然说不出的和谐美好。

如果不知道白帆是真真的男朋友，我可能只觉得两个人郎才女貌，俨然一对璧人，可我是真真的朋友，我的第一反应就是白帆劈腿了，所以才要和真真分手。

我回头看向真真的时候，她已经疯了般扑向白帆身边的女生。我吓了一跳，赶紧追上去，却没有拉住她。

等我追到白帆身边的时候，真真已经将那个女孩摁倒在地，高声骂着："破坏别人感情的第三者，不要脸，抢了我的男朋友！"

真真一边骂一边厮打那个漂亮的女孩，不久那个女孩就被真真弄乱了头发，衣服也被拽得七零八落，说不出的狼狈。

真真一边骂一边动手。那个女孩子本来就没有准备，在真真不顾形象的蹂躏下已经没有了招架之力，只是无助地用手护着脸，嘴里一声声喊着："白帆，白帆！"

白帆显然没想到真真会来，也没想到真真的情绪会这样激动，那个女孩的喊声唤醒了他的神志，他走上前将女孩护在了怀里。

白帆下意识的行为刺激了真真，她以为在她看见了刚才的一幕之后，白帆应该是内疚的，就像当初白帆将她和那个男孩子堵在房间里的时候，自己的慌乱和无措始终都萦绕在她的心头，可是现在看来，显然白帆和自己当初的心思不同，他想得更多的是护住怀里的女孩。

真真见到白帆护住那个女孩，动作猛地一顿，随即，眼里的泪水落了下来。她一边哭一边继续打那个女孩，可是那个女孩被白帆紧紧地护住，她几次的拳脚最后都落到了白帆的身上，而白帆只在真真打骂的间歇高声喊："真真你够了！"

真真哪里还听得到别人的声音，她疯了一般，将所有悲伤和愤怒都发泄到了面前的两人身上，一边哭，一边歇斯底里地问白帆："为什么！为什么！"

白帆没有精力回答，只是本能地护住怀里的女孩。

我没想到事情会演变成这样，等我反应过来的时候，真真已经踢了白帆几脚，白帆都没有反抗。

我上前抱住真真，轻声劝她冷静点，可是见到了白帆和别的女生在一起，她哪里还冷静得下来？

在来之前真真想过很多种可能，比如说白帆是和她闹别扭，比如说是白帆只是一时厌倦，却从来没想过白帆有了新的女朋友，自己只是被他淘汰出局。

"白帆，你浑蛋，你浑蛋，你……"真真看着抱着那个女孩的白

帆，心中悲伤不已，她在我怀里挣扎着，一声声地骂白帆。

白帆抱着那个女孩，一脸警惕地看着真真，好像真真是洪水猛兽一般。

真真见了白帆的态度，脸上的悲伤更重，眼中已经全是泪水。她在我怀中不住地哆嗦，伸手指着白帆大声质问："白帆，你就是为了她，要抛弃我是不是？你是要始乱终弃，还是有了新人就要把我这旧人给丢了？"

真真的话语中带着怒气，她高声喊，即使指责已经指向了那个女孩，白帆仍将女孩护在怀中。

他疼惜地看了眼那个女孩，轻声对真真说："真真，分手是咱们两个人之间的事情，和她没有关系。"

他依然在维护怀中的女孩，真真有些崩溃地看着白帆，她几乎要再次冲到白帆面前，最终却还是被我紧紧抱住。

她眼中带着泪，问白帆："如果不是她的出现，你怎么会抛弃我！明明是你被她迷住了，你还要这么维护她！你信不信我把她的脸给毁了？"

话说到最后的时候，真真的神色十分狰狞，叫人看了心惊胆战。

"真真，你看看自己现在这个样子，真的没有什么让我留恋的了。"白帆失望地看着真真说。

　　"白帆，你就是因为她，我还不明白，从来都是只闻新人笑，哪闻旧人哭，白帆，你只是被她迷惑了，你还是爱我的。"真真突然一改刚才的愤怒，哀怨地对白帆说话，神色中的悲伤让人看了心疼。

　　"真真，其实很早之前我就想和你说了，你是个好女孩，只是我们不适合，和你在一起，我太累了，我不想再坚持下去了。"白帆终于放开了怀中的女孩，将她推到自己的身后，一步步走向真真，只是身体还一直维持着保护身后女孩的姿势。

　　"我……"真真没想到白帆会这样说话，她愣在了白帆的面前。

　　我本来还想上去劝解，可是听了白帆的话，我有些犹豫了，不知道要不要上前，因为作为一个旁观者，我比谁都清楚在这段异地恋中，白帆有多么的辛苦。

　　异地恋是最消磨爱情的恋爱方式，如果两个人没有足够的爱，那就很难坚持到最后。

　　显然，真真对白帆的依恋，对白帆的伤害，还有她高高在上的女王架子一点点消磨着白帆对她的喜欢，现在这喜欢已经耗没了，所以爱情就会无疾而终。

　　白帆见真真愣在那里，也不再说话，转身要带着身后的女孩离开。

　　真真却疯一样地追到白帆的身边，惊慌地哀求："白帆，我知道

我错了，我改还不行吗？求你，不要抛下我！我爱你，我比她爱你要深很多，白帆，没了你，我都不知道怎么活下去……"真真说得声泪俱下，她在哀求白帆回头。可是白帆显然已经对她失去了耐心，在她哀求了一遍又一遍之后，还是拥着怀中的女孩离开了。

真真看着白帆拥着自己喜欢的女孩离开，终于摇摇晃晃地蹲在了地上，泪水布满脸颊，哀戚地看着远方白帆离开的方向。

在白帆离开之后，真真又疯了一样给白帆打电话。白帆的电话，那个她从来都不屑拨打的号码此时成了心中的至宝，只是她拨打了无数次，白帆都没有接听，也没有回头。

看到真真伤心欲绝，我没敢告诉她，她的白帆已经再也不会回头了。最后是我带着真真去了酒店。因为白帆的话和他的移情别恋，真真整个人都崩溃了，直到深夜她都没睡，一直在哭，哭着跟我讲她和白帆的爱情，从相识到相爱，一直到现在的结束，他们的爱情，点点滴滴都刻在真真的心头。

听着她讲那些细碎的情节，我心底感慨万千，因为在白帆和真真的爱情里，真真的爱要比白帆深得多，只是她用错了方式，才将自己心爱的人推离自己的世界。

第八章

CHAPTER 08

曲　终

再见，小青春
GOODBYE, MY YOUTH

01

那次分手以后，真真固执地待在白帆所在的这座城市，固执地在酒店里一遍遍给白帆打电话，可是任凭真真狂轰滥炸，白帆都没有接电话。

我也曾陪她几次去学校找白帆，希望和白帆好好谈谈，可是白帆只让他的朋友捎话给真真，告诉她他已经没有了坚持的力气，求真真放过他，如果她还要纠缠，他就带着自己的新女友彻底消失在校园里。

真真真的没有办法挽回白帆了，她终于认命地跟我回家，只是回来后的真真彻底变了。

原先喜欢交际的她现在最常做的事情就是躲在家里一个人想事情，我每次叫她出去都被拒绝，她经常一个人在屋里发呆，有时候莫名其妙地流泪。

我知道白帆的话彻底伤害到了她，很多次和她聊，她都只顾流泪，却不说一句话，见她哭得伤心，我只能放弃。

我能做的也就是尽可能多陪着她，听她倾诉，希望她能将白帆遗忘。

　　真真显然也明白我的意图，她安静地听我说完，才勉强笑着和我说："苏浅，我忘不了他，他都长在我的生命里了，我的未来是和他连在一起的，没了他我哪里还有什么未来。"

　　真真的话说得很绝望，我忍不住拿苏之行来劝说她。我说苏之行曾经觉得自己一生最大的荣耀是安哲，他以后的日子要靠安哲照顾，可最后的结果却是苏之行死了，安哲连面都没露。

　　我不知道是不是自己说的这个例子太极端，真真丝毫不为所动，但是我突然想念苏之行了，想念那个连葬礼儿子都不来参加的可怜人。所以趁着真真休息，我去了苏之行的墓地，只是我没想到会在墓地里看到安哲。

　　他手握一束金黄的菊花，安静地站在苏之行的墓前。

　　我缓缓走过去，听到他轻声啜泣。我站在他身后，许久才轻咳一声。

　　安哲回过头来，湿润的眼睛看向我。

　　"我想他了，碰巧遇到了你。"我小声说。

　　安哲没有说话，他安静地将手中的菊花放到墓前，然后转过身看向我，说："他下葬之后我就在朋友那里问到了他墓地的地址，只是

直到今天我才鼓起勇气来看他。"

安哲对我说话的时候是低着头的，在说到墓地的时候才抬起头看我。

我看到了他眸子里闪过的哀伤，之前纠结在我心中的疑问忽然释然。

原来不管怎么躲避，都是躲避不了血缘亲情的，不然安哲今天不会出现在这里。

"苏浅，我知道你怪我。"安哲平静地和我说话。

看着他笃定的样子，我轻轻摇头："我怪过，但是现在不怪了。"

如果没有郑烁陪着我度过的那个小树林的傍晚，我现在可能还在纠结安哲的狠心，只是现在，我不怪了……

"苏浅，有时间吗，我想和你讲个故事……"安哲安静地看着我，眸子里却带着不容拒绝的坚定。

我知道他的故事肯定与苏之行有关，所以缓缓走到他的身边，蹲在苏之行的墓碑旁，静静看向他。

安哲蹲在了墓碑的另一侧，平静地开始叙述："从我记事的时候起，我记得最多的就是苏之行的赌，每次赌输了他就拿我妈妈出气，说是我妈妈哭的晦气害得他输了，赢了有时候也会打我的妈妈，说我妈妈应该和他一样高兴，她不高兴就因为她心里爱的不是他，苏之行永远都有理由做这些伤害别人的事情。"

刚开始，安哲就忍不住评价，只是说到苏之行的时候，他的嘴角带着淡淡的苦笑。

看着安哲的神色，我不由失语，因为他经历的这些事情，我和我的妈妈都曾经历过。

安哲接着诉说他的故事："我妈和他离婚，很大程度上是因为你的妈妈和你，我妈怎么都想不到天天赌博的他竟然在外面养女人，而那个女人生的孩子只比我小一岁。"

我安静地听着，很多年之前我就知道我妈是苏之行之前婚姻的第三者，而我也曾是私生子，我小时候有一段时间是没有爸爸的，苏之行在我好几岁的时候才离婚娶了我妈妈，这一点我只能接受，却无力改变。

"我妈是个有感情洁癖的人，这一点她受不了，和他争吵了几句，也不过是让他和你妈断了关系，可是苏之行不愿意，那次他发了很大的火，把我妈妈打得鼻青脸肿。我当时虽然年纪还不算大，但早已经记事，那时候我妈还没和苏之行离婚，我偷偷地看着，害怕极了，忍不住哭，却不想打红了眼的苏之行觉得我哭着闹心，就把我也给打了，当时我断了一根肋骨。"即使是说到最惨痛的回忆，安哲的

语调都是平静的。

听他说起当年，我有些动容，我没想到我和妈妈的存在曾经对他造成过这样大的伤害。

我想要跟他道歉，他却看着我笑笑："你不用道歉的，或者说我得感谢你，因为我被打折了肋骨，所以我妈才狠下心来和苏之行离婚。苏之行知道我外公有钱就勒索我妈妈，让我妈妈拿出一大笔钱赔偿他的青春损失才离婚，不然就和我妈死磕。我妈为了我同意了，只是我妈用的不是家里的钱，她借钱拿给苏之行，换来我和她的自由。"

他说完笑容淡淡地看着我，好像看出了我心里的震撼。

"我妈妈很不容易，离婚后连外公外婆都没告诉，她带着我租了房子，靠打工度日，却一直努力给我最好的，不管是吃的、穿的，还是学校，她一直坚持最好的，为了这些最好，她付出的比别人的妈妈多很多，好在后来她遇上了我现在的爸爸，当时他也刚离婚，事业也没有现在这么大，他们两人相互帮衬着才走到了今天，我爸爸有今天的成绩，和我妈妈密不可分，可是苏之行竟然在他们夫妻恩爱的时候发来当年的情书，挑起爸爸对妈妈的怀疑。"

说到最后，安哲的神色多了几分愤懑不平，显然他很珍惜现在父母的感情，当初苏之行的作为也激怒了他。

"我当时很生气，和你说了以后再也没有苏之行这个父亲的话，之后我也努力地躲避他的纠缠，他曾经给我打过很多电话，我知道他是跟我要钱，我就没接，只是我没想到他会死，当你告诉我他死了的时候，我的第一反应是解脱，终于不要再担心他破坏我爸妈的感情。可是后来，当我知道他是因为欠了太多赌债被人活活打死的时候，我竟然觉得是我害死了他。如果不是我不给他钱，他可能不会欠那么多赌债，就不会被人打死了。这个认知让我很自责，所以在学校里遇到你我都要躲得远远的，或者装成一个陌生人，因为我再见到你的时候会自责，觉得是我害得你没了父亲。"

安哲说话的声音越来越低沉，无法言喻的悲伤就在他和缓的语调中缓缓流淌。

我没想到当我心底责怪他的冷漠时，他自己也陷入了无边的自责之中，我更没想到安哲将我视为陌生人是因为他内心的歉疚。我看着一脸歉意的安哲，一时间不知道自己要说些什么来安慰他。

因为我和他一样也曾经被内疚反复纠缠，其实我们做得都不算过分，因为苏之行确实一直在刷新自己做人的底线，但是他却突然抽离出我们的生命，所以才会让我们手足无措，让我们自责，让我们觉得自己不合格。

"既然这么怨他，恨他，为什么还要来这里看他？为什么不去参

加他的葬礼？你应该知道，不管他是什么样的人，在他的心里，你都是让他骄傲的儿子。"

我不明白是什么原因让安哲突然改变主意，也不知道是什么理由让他连自己父亲最后的葬礼都不去参加。

安哲没有回答我，却反过来问我："你觉得苏之行这个父亲称职吗？在你心里，他做的什么事情让你最难忘？"

"他是非常不称职的一个父亲，如果非要说他在我记忆中留下了什么，那不过是每天的打骂还有赌博，只是在他死后，我一直念念不忘的却是我上高中那年交学费的时候，他竟然把自己赚的钱给我交了学费，当时他很义正词严地和我说话，说只要我愿意学习，他就是砸锅卖铁都会让我上学。当时我只有一个感觉，我真的有个好父亲，只是后来我才知道他之所以舍得把自己赚的钱给我交学费，是因为他当时喝醉了，根本不知道自己做了什么，可是我就觉得他那根本不知道自己做了什么才是他的潜意识，在他的心底，他也是想要做一个好父亲的，只是他控制不了自己的贪欲罢了。"

说起当年那件让我啼笑皆非的事情，我都不由得笑了，我甚至记起了苏之行酒醒之后懊恼得几乎要撞墙的样子。

安哲也被我说的事情逗笑了，我们俩笑着笑着，看向墓碑上苏之行的照片，那英俊的中年男子正和蔼地看着我们，仿佛一位慈父。

"安哲，你还没有回答我刚才的问题，我想知道答案。"我静默了片刻后说道。

安哲看着我，神色平静，眸子里却有情绪泛起："苏浅，无论如何，苏之行已经死了，我做什么事情他都不会伤心难过了，可是我得顾及我的妈妈。谁都知道我是安建邦的儿子，如果我去了他的葬礼，势必会惹人非议，到时候我妈妈怕是又要陷入舆论的旋涡之中。我妈妈不容易，我不想让她再因为我被人指指点点。"

安哲不参加葬礼的原因我终于明白，也终于释然。因为苏之行已经是一个死去的人，为了一个死去的人让活着的人不痛快，这确实不是为人子者应该做的事情。

"苏浅，其实你更想知道的是我今天为什么来这里吧？"安哲的声音很轻，却清楚地洞悉了我的内心。

我轻轻点头，然后听他温和的声音流过我的耳畔，他说："因为一只风筝。"

我有些不解地看着安哲，一只风筝就可以让安哲改变这么久的坚持？我有些好奇那是怎样一只风筝。

安哲说："苏浅，你想的是他酒醉后给你交的学费，我想的是他为我买的一只风筝，那只风筝也是我长这么大他送我的唯一的礼物。当时我还小，看着邻居家孩子玩风筝，也想要，哭得厉害。当时他

正从外面回家，因为我哭还把我妈打了一顿，知道我是因为没有风筝哭，他二话没说转身就走，等回来的时候就带着一只老鹰风筝。第二天是妈妈陪我放的风筝，那一天也是我最幸福的一天。这是关于我童年生活中唯一的温暖，是苏之行给我的。所以，我觉得为了那只风筝，我应该来看看他，虽然他做父亲很不合格，但是他曾经做过父亲应该做的事情，所以我这个做儿子的也应该来履行我做儿子的责任。"

安哲的话很多，似是在描述一件简单的事情，但是我清楚安哲记忆里的那只风筝曾经温暖过他的童年，我明白苏之行带着风筝走进家门的那一刻，安哲心底的惊喜。

苏之行是个不称职的父亲，但是他曾经履行过父亲的责任，所以即使我们再不愿意承认他的存在，他都曾经作为父亲霸占着我们成长的每一个阶段。

"安哲，有你这些话，他应该可以安息了。"我轻声对他说，心底对当初葬礼上安哲的不到场释然了，其实到场、不到场不过是个形式罢了，重要的是苏之行在我们的心底永远都是一个父亲，一个不称职却不会被撼动的父亲。

"可我后悔当时没有参加他的葬礼，我毕竟是他的儿子。"安哲的话带着失落传入我的耳中。

"他会原谅你的。"我轻声说。

在回去的路上，我却不由得苦笑。

原谅，那不过是安慰安哲的话罢了，我也想祈求苏之行的原谅，原谅我当初的不懂事和冷酷嚣张，可是死人无法原谅活人，所以我必须为曾经做过的事情难过，只要想到，心都会疼，心底都会有悔意。

02

我回到家才发现原本睡在家里的真真没在家，打她的电话都没人接。在我找她找到几近崩溃的时候，我才收到了她发给我的短信，她说她还是要去找白帆。

真真之前跟着我回到这座城市，我以为她已经舍下了白帆，我以为她只是需要时间疗伤，可是现在看来她还是没忘记他，沉默的这段时间并没有让她将白帆遗忘，反倒更助长了她的执拗，在脱离了我的视线之后，她竟然再去找白帆。

等我赶到机场的时候，真真乘坐的飞机已经起飞。我赶紧买了最近的机票追了过去，看到的却是让我抓狂的一幕。

真真竟然守在白帆学校的门口，孤零零地站在那里，说不出的可怜。

"真真，跟我回去。"我拽着真真就走。

从我认识真真开始，她一直都是最骄傲的公主，我从来没想到她会有这样委屈的样子，也从没想过这个始终光芒万丈的女孩会有这样可怜的一面。

真真却拽着我的胳膊，不断地摇头，大声地说："浅浅，我要等白帆回来！"

我不知道要怎么劝她，我只清楚，即使白帆回了学校，也不会再回到真真的感情生活中了。她越执拗，她和白帆之间的感情就消失得越快，可是陷入爱情的真真显然意识不到这点。

"真真，白帆如果还喜欢你，怎么会有新的女朋友？"我无奈地对她说。

我希望能让她早点认清现实，希望她能跟我回去，不要再和白帆有任何纠缠，只有这样，她在白帆的心底才会有美好的样子。

"浅浅，我们的感情你不懂，他那天让那个女孩来只是为了气我，让我在乎他，我知道他还是爱我的！"真真高声喊，好像声音大就能证明她说的是事实，她还是宁愿将自己放在一个想象的空间里，在那里，白帆依旧爱她爱到无法自拔。

"浅浅，你不要劝我了，我不相信白帆会变心，不相信，所以我要等他回来！"真真见我依然拽着她的手不放，用力地将我推离她的身边。

我无奈地看着真真，不知道要说些什么才能将她劝回。我只能站在旁边看着她孤零零地站在校门口，等着还未归来的白帆。

或许是真真的执着感动了上天，我看到白帆从车水马龙的马路对面缓缓走来，心底一阵激动，希望他能和真真好好谈谈。

正在我心底全是欢腾喜悦的时候，白帆忽然转身，很多天前被真真厮打的那个女孩笑着牵住了白帆的手，然后两人手牵着手，举止亲密地走向我们。

不等真真发现他们，我赶紧走到她面前，想趁着她发现白帆和他的新女友前马上把她带走，不然看到面前的场景，我几乎不敢想象真真会怎样失态。

只是还没等我开口，真真就发现了马路对面的两人，她瞬间失控地奔向白帆，我怎么拉她都拉不住。

"白帆，你就是喜欢上了这个人，才不要我了对不对？"

我站在马路边，看着来往的车辆，几次想走过去都不敢，我看着两边的车辆，没注意到真真再次将手伸向了白帆的新女友。

"你搞错了，白帆是和你分手之后，我们才在一起的，他和你分手不是因为我。"那个女孩见真真又失控地看向自己，赶紧解释。

只是不等她解释完，真真就拽住了她的衣服。

"白帆！"那个女孩吓得声音都变调了，她惊恐地看向白帆，满

脸求助。

　　我在马路对面看到这一幕，着急地想跑过去。

　　"白帆，你真是虚伪，你说什么累了，够了，没了坚持下去的勇气，你是个骗子，你分明是喜欢上了别人，却不敢承认，你真虚伪！"真真歇斯底里地喊着，声音里的绝望让我听了都觉得哀伤。

　　真真一边高声指责白帆，一边对他身边的女朋友拳打脚踢。

　　白帆又像上次一样紧紧护住了自己现在的女朋友，脸上的失望更重。

　　"真真，你要闹到什么时候？我说过了，不喜欢就是不喜欢，和别人没有关系，你不要这样胡搅蛮缠！"白帆高声喊着。

　　真真拽着女孩的衣服，难以置信地看着白帆，她显然没想到白帆会说出这样的话。她不远千里来到这里，就是为了让白帆看到自己对他的感情，可是这一切，因为不喜欢了，在他的眼里就成了胡搅蛮缠，原来他是真的不爱自己了。

　　绝望让真真有些发愣，她看着白帆，一脸哀伤。

　　真真愣住了，白帆的女朋友却显然没有，被真真反复纠缠的她此刻也烦乱不已，本能地只想将真真拽着自己衣服的手推开，只是她用力太大，在她挣脱真真的时候，真真也失去了重心，整个人跌坐到了马路上。

而就在真真跌倒的那一瞬，一辆车在真真的腿边碾压而过，我听到了真真凄厉的尖叫声，这才猛地回过神来。

　　再也顾不得马路上穿梭的车辆，我急忙奔向真真，看她已经变得惨白的脸，还有腿上艳红的血。

　　我抱住真真，恶狠狠地看向白帆和他的新女友。

　　女孩显然没想到会这样，她的身体已经有些颤抖，看着我不住地摇头，一遍遍解释："我不是故意的，我不想伤害她的……"

　　白帆显然也没想到会出现这样的情况，只是即使他看到真真腿上全是血，都没有奔过来看看，而是搂住了身体颤抖的女友，站在那里问："你没事吧？"

　　真真惨白着脸，难以置信地看着白帆。她的眼中蓦地出现了泪水，她忍不住地掉泪，哀伤对白帆说："白帆，你真的不爱我了？"

　　白帆没有回答，却放开了搂住新女友的胳膊，蹲下身看真真受伤的腿。

　　真真也不喊疼，只是哭着看着白帆，看着白帆检查她腿上的伤，看着他叹息一声将她抱起来，转身对自己的女友说："我先送她去医院，你回宿舍等我电话。"

　　即使在这种时候，白帆对自己新女友说话都是满含柔情的，而看向真真的脸上却没有任何情绪，好像真真已经变成了陌生人。

真真显然也感觉到了白帆对自己和对女友的不同，眼中的泪水接着往下落。

我看着心疼，凑到真真的耳边，轻声劝她不要哭了。

真真看看我，又看看白帆，白帆的脸上闪过一抹厌烦，落到了我的眼中，也落入了真真含泪的眸子里。

真真看看白帆，含着泪说："我是疼得厉害。"

我看到了真真眼眸中的伤痛，她这话是在掩饰自己对白帆的失望，但是在白帆抱着她打的去医院的时候，她还是一句句地说："白帆，我爱你，我真的很爱很爱你，可能我爱的方式你有些接受不了，但是自始至终你都是唯一走进我心里的男生。

"白帆，还记得咱们第一次见面吧？也是车祸呢，不过是你骑自行车碰到了我。当时我就想，这个世界上怎么有你这么帅气的男生……

"白帆，咱们第一次接吻，你还记得吧，我到现在做梦都梦到那个场景，只是谁能想到我们是在别人忙着躲雨的时候，在雨中接吻呢，那时候雨真冷，你的唇也真温软……

"白帆，还记得你考到这里来之后第一次回去看我吧，那时我都不相信自己的眼睛，那时候你才离开我三天，你说想我想得受不了……

"白帆，其实现在我也是想你想得受不了，所以才来这里看你，才希望你重新爱我的。我现在才明白你说的为爱焦灼的滋味，是不是因为我明白得太晚了，所以你不喜欢我了？

"白帆，我喜欢你送我的所有礼物，它们现在都堆在我的房间里，我很珍惜它们，我把每一个都编了号，如果你再送我礼物，是第432号，我一直在等着呢，可你……"

真真说着说着，就哽咽得说不出来了，只是看着我，不住地流泪。

我听了真真的话之后也忍不住流下泪来。我没想到真真有着这么细腻的心思，没想到表面一直无所谓，一直高高在上的真真会为爱情做这样细微的事情。

我为这谨小慎微的心思感动，可是白帆只是安静地听着，好像对她说的无动于衷。

"白帆，我从来都没对你说过，其实我早就想好了等你毕业咱们就结婚，我甚至都偷偷买好了婚房，还看过几家酒店，我想选最好的举办我们的婚礼……

"白帆，你知道吗，在你和我说分手之后，我都不敢睡觉，因为睡着了就会梦到你带着别的女生走了……

"白帆，我很爱你，求你，不要走，不要走好不好……

"白帆，那个女孩子能为你做的，我也能为你做到，请你相信我……"

真真的声音越来越虚弱，但眼神中全是哀求，我忍不住泪流满面。

我从来没想到真真会变得这样柔弱，能放下身段去求白帆，也是在这个时候我才真正明白，所谓的爱情最能将人改变。

只是变了的真真也再进入不了白帆的心，白帆的神色依然是冷漠的，这些动心的话语落到他的耳中，好像与外面的风声没有什么区别。

他说得对，如果不爱了，那她为他做任何事情就都是胡搅蛮缠。

白帆将真真送到医院之后转身就走，而此时的真真却因为失血过多陷入了昏迷。

"白帆，等等，我有话和你说。"我叫住了要离开的白帆。

白帆转身看看我，坐到了急救室门口的椅子上。

"白帆，她的心思你应该明白，你不觉得自己应该等她醒来吗？"除了将白帆留住，我不知道还能为真真做些什么。

"苏浅，你是个聪明人，你应该清楚，我们不可能在一起了，我已经有了喜欢的女孩，和她在一起我很幸福，而和真真在一起的每一天我都很累。"白帆的话很直白，却是他最真实的内心。

"我知道你们不可能在一起了，但她是为你来的，因为你的女朋友受了伤，于情于理你都应该等她醒来再离开吧？即使她不曾是你的女朋友，即使她只是个陌生人，你这样离开是不是太……"

我紧紧地盯着白帆，希望能在白帆的眼中看到除了平静之外另外的情绪，可我还是失望了。

白帆嘴角露出一抹苦涩的笑意，他问我："你觉得我等她醒来，她还会轻易地放我离开吗？"

我清楚白帆说的是对的，如果真真醒来，以她的性格怕又要对白帆一通死缠烂打，甚至还会逼着他和现在的女朋友分手。

可是就这么让白帆离开，那真真醒来之后又会是怎样的伤心难过？我不敢去想。

白帆见我不再说话，又开口说道："苏浅，你这么聪明，应该知道我现在离开才是最好的，只有让她绝望，她才会放手，我们才会有各自的生活，不然她会一直这样纠缠下去。"

白帆说的是对的，我有什么理由阻止他离开？

我看着白帆在我眼前消失，看着白帆逃离一般迅速离开，我心里蓦地疼得厉害。

如果早知道会是这样的结果，我该逼着真真早点做出改变。

可是没有如果，这一切都已经注定，无法改变。

因为失血过多，真真醒来的时候已经是傍晚。

她看到坐在病床旁的我，虚弱地笑，笑容里掩不住悲伤。

我不由得轻轻握住她的手，算作安慰。

真真没有说话，只是目光将病房扫了一遍又一遍，然后又质疑一般看向我。她还没开口，我就知道她在找什么了，她在找白帆。

我低头不敢看真真那期待的眼神，很久才轻声告诉她："白帆在把你送到医院之后就离开了，他说他有事。"

我的话刚说完，真真握着我的手就蓦地一紧，随即松开，目光哀伤地看向病房门口。

"真真……"我想劝劝真真，却发现不知道说什么。

真真只是对着我苦笑，然后再不说话。

真真住了半个月的院，我照顾着她，看着她每天失魂落魄地看向病房门口或者窗外，我知道她的心底还有着隐隐的期待，期待白帆能来一趟，可不管是作为前男友还是普通朋友，白帆都没有出现。

"浅浅，收拾下，咱们明天出院吧。"

伤好之后真真就可以出院了，可是真真一直坚持再住两天，甚至为此专门求了医生，却没想到今天，她会主动提出要离开。

我有些不敢相信地看着真真。

她苦笑一下说："苏浅，我想明白了，我和白帆之间真的再也没

有可能了，所以我没必要再在这里耗着。"

　　真真的话说得郑重，我明白她的决定是认真的，便为她办了出院手续。

　　在离开这座城市的飞机上，真真眼角滑过一滴清泪。

　　我担忧地看向她，她只是望向窗外轻声说："没什么，我只是告诉自己，一切都结束了。"

　　03

　　一切都结束了。

　　不管是苏之行的性命还是真真的爱情。

　　可是我们在这一切结束之后还有必须要面对的生活。

　　每个周末我还要去做兼职赚钱，为自己的生活费和学费。

　　真真也要继续学习，现在的她已经不经常宅在家里，她开始主动地走出去，按照她的说法，是去约会美男，其实不过是她已经接受白帆爱上别人的事实，她自己也要面对新的生活。

　　而在那天墓地相遇之后，安哲，这个和我有血缘关系的哥哥俨然成了我的朋友，他会在生活或者学习不如意的时候来找我，他说每次和我聊过之后都会有种豁然开朗的感觉。

　　我看着他坦诚的眸子，心里万分确定即使我们无法成为血脉相依

的亲人，也会成为彼此真诚的朋友。

而庄辰在那天向我表白之后就很是兴奋地投入了学习中。在他的心里，那个他描绘的未来也吸引了我，他愿意为我们共同的未来努力。

而我在经历了这么多事情之后却更加欣赏郑烁那样的男生，或者说，我更喜欢和郑烁在一起。因为和他在一起，他会照顾到我的情绪，他也明白最真实的那个我。在郑烁面前，我不用隐藏自己的另一面，也不用担心被人发现我的真面目。

有一次我和郑烁聊天的时候说过，只有在他面前，我才会感觉自己是在阳光下，而在别人面前，我要谨小慎微，我要努力掩藏住深埋在心底的冷漠和绝情，努力做一个娴静可人的女孩。

因为戴着一层面具，也因为越来越繁重的学业压力，我总觉得身心俱疲，那个我和郑烁遇到的实验楼后面的小树林成了我发泄的所在。每一次我都会在那里安静坐着，想当时郑烁毒舌的言语，想当初他软语的安慰，想他说夕阳很美，即使落下去都要不停努力……

不知道什么时候开始，郑烁知道了我的这个喜好，他也经常去小树林，于是，我们会经常在小树林里偶遇。

遇到了，有时候会聊很久，聊学习，聊人生，聊理想，聊未来。有时候我们只是点个头然后擦肩而过，有时候我们只是三言两语轻描淡写。但是就这短暂的相处都会让我心里豁然开朗，而最疲累的时候我会直接发短信给他，让他来小树林陪我。每当这个时候他总是又恢复那种一切都无所谓的样子，故意说一些让我开心的话。我知道他的用心，心底对他非常感激。

时间因为忙碌，过得特别快。

好像只是一刹那，也好像只是一场梦。

从考场出来，我心底前所未有的轻松。

庄辰追着我问："苏浅，你考得怎样，到时候咱们报同一所学校的经济系呀，咱们就可以天天在一起了。"

我笑着回答他考得还好，却没有答应和他一起报考同一所学校，而庄辰显然被我一句"还好"取悦了，他又开始兴奋地描绘我们的未来。

看着他兴致勃勃的样子，我心底歉疚不已，却不敢将最真实的想法说出来，面对他兴奋的脸，我几次都欲言又止。

成绩出来的那个晚上，我还没查到成绩，庄辰就兴奋地打电话给我。他告诉我我的分数是638，比他还要高出8分，我们报考南方那所学校里的经济系是完全没有问题的。

"苏浅，记得填报志愿的时候别填错了！"

庄辰的声音异常兴奋，他一声声地嘱咐我，生怕我填错了志愿，

无法和他谈一场天长地久的恋爱。

即使到了这个时候，我都没有勇气对他说出我心底最真实的想法，只是支支吾吾地答应着，心底却有了另外的打算。

庄辰挂断电话之后，我就打电话给郑烁，以朋友的语气问他考得怎么样，准备报考哪所学校。

"你不会爱上我，准备追我吧？"郑烁的话依然带着不正经，说完之后还嘿嘿地笑着，掩饰着他刚才语气里的些许异常。

"想什么美事呢，不过我是打算和你去一个城市或者一个学校的，因为你这学美术的，肯定是奔着美女帅哥多的地方去呀，我为了能更好地解决以后的终身大事，肯定要跟着你的路线走。"和郑烁相处久了，说话也就变得随意起来，只是今天给郑烁打电话，我却存了别的心思，没有办法对他明说罢了。

"还有比我更帅的帅哥吗？如果你的人生理想是奔着帅哥去的，那我就接收你算了。"郑烁说话的时候带着笑，我也笑着说他痴心妄想。

但郑烁还是和我说了他的打算，他说的那所学校是他心心念念的所在，我心里一直清楚，只是想在填志愿之前确定一下。

不知道从什么时候开始，郑烁已经成了我生活中一个特殊的存在，寂寞的时候会想起他，开心的时候会想与他分享，就连未来我都殷殷期待能和他在一起。即使不是恋人，作为朋友也是不错的选择。

所以在填报志愿的时候，我很坚定地填写了郑烁报考的那所学校，即使以我的成绩，去那里过于委屈自己，但是有一个懂自己的人在身边，任何委屈都不再是委屈。

庄辰果然填写了那所他一直期待的学校，在报志愿结束之后，我和庄辰一起走出了学校。

看着一脸兴奋，想要拉我手的庄辰，我轻声对他说："对不起。"

"为什么？"在这个时候，我说对不起，庄辰显然有了不好的预感，他紧紧地盯着我，等着我回答。

"因为我们不合适，即使勉强在一起，以后也不会好的，真实的苏浅不是你看着的这个乖巧可人的女孩，而我明白你喜欢的是这样的一个我，所以，原谅我不能和你一起上同一所学校，你描绘的未来很美好，只是你值得找到更好的女孩。"我努力向他解释。

庄辰沉默良久才抬起湿润的眼睛看向我，轻声说："我明白的。苏浅，其实很早之前我就知道了，只是我宁愿自己不明白，这样我还有微薄的希望，现在看来，一切都是我痴心妄想了。"

庄辰的话说得哀伤，让我心底的内疚更浓。

"对不起，我……"

　　我不知道要怎么解释，可是庄辰不等我说话，就自嘲地说是他给我添了不必要的负担，是他一厢情愿。

　　我没想到我努力隐藏的内心他竟然也是知道的，只是他一直在欺骗自己。

　　"苏浅，祝你幸福。"

　　他最后这样对我说，那双清澈的眼睛带着伤痛，也带着释然。

　　我无言以对。

　　填报志愿之后，录取通知书很快就来了。

　　开学前两天，我拖着行李箱登上火车，心底全是期待。

　　忽然一个熟悉的声音在我耳边响起，他说："同学，你好。"

　　我看着一脸笑意的郑烁和他脚边的行李，心底的喜悦再也掩饰不住。

　　我嘴角的笑意不断扩大，回应道："同学，你好。"

　　在我开口的瞬间，火车已经启程，带着哐当的响声，带着我和郑烁走向充满希望的远方。

Merry 游行记

《享受那一片柔软时光》 读者旅行日记 二

第一站·昆明 Holiday
身体和灵魂，总有一个在路上

三月中旬，我在家中看完了文慧写的《享受那一片柔软时光》。这是一本新书，淡淡茶香，图文并茂，旅途中的高清美景照片加上作者旖旎诗意的文字，让我有了一种愉悦的冲动，想要旅行的欲望忽然变得强烈，于是匆匆请假离开了长沙。

到达春城的时候是早晨。我拖着行李箱疲惫地走出机场，阳光不期而至，高原清冽的空气让人精神一振，我不由得深呼吸。喊了一辆出租车，在酒店稍事休息，下午便迫不及待地赶往圆通寺。

圆通寺是一座拥有1200年历史的古寺。恰逢三月，寺内水榭回廊，繁花盛开，叫人疑心误入江南水乡园林。我沿着中轴线前往圆通宝殿，对着高大的佛像虔诚地拜了拜，便在寺内闲逛起来。

这个时候一种平静悄然占满了我的心。♪♫

寺内游人如织，每个人的脸上都带着欣喜的笑容，孩童的嬉闹也交错起伏。我的脚步不由得慢了下来。这种热闹和往日的喧嚣不同，阳光、美景、游客，让脑子里绷紧的弦无比松弛。

我的身体不知不觉轻快起来，灵魂与自由拥抱，奔波了一路

的心，此刻终于得以休憩。

　　我想起文慧在书中所说，"身体和灵魂，总有一个在路上"，偶尔来一场说走就走的旅行，总会邂逅生命的惊喜，真是太对了。

爱自己是终身浪漫的开始

　　在昆明休整一天，我带着简单的行囊和这本散发着油墨香的《享受那一片柔软时光》，来到了秀丽古雅的大理古城。

　　古城有着浓郁的南诏特色，我兴高采烈地一路吃过去，雕梅、凉鸡米线、大理砂锅鱼……丰富的美食叫人乐不思蜀，一天一夜时间，我的"吃货"本能得到大大的满足。

　　第二天我就精神饱满地乘车去洱海。

　　没有什么能形容那一刻的震撼，当那片湛蓝的湖水由车窗映入眼帘，我的心就狂跳起来，仿佛一段恋情开始了。

　　我想每个人心里都有这样一块地方，它澄澈见底，它宁静辽远，它不容于世俗……洱海就是这样的地方。

　　美丽的湖泊比大海还叫人着迷，在这样的地方看到这样一片湖水，不禁让人有种柳暗花明的惊喜，它仿佛就是上天给所有过客的恩赐之地。

　　租了一辆自行车绕湖转了几圈，本来想看一眼就走，结果在这里住了一夜。直到离开，心头仍有不舍，相机"咔嚓"一响，带走一片湖光，留下深深的留恋。

第三站·丽江
世间所有的相遇都是久别重逢

最后一站是丽江，这座最适合艳遇的古城。

晚上的丽江古城如同秦楼楚馆中色艺双绝的头牌。火树银花中，酒吧一条街热闹火辣，大有醉生梦死、不知今夕之意，哪怕最冷漠的人到了这里，都会被如火的氛围感染。

这里适合热闹，同样也包容安静。

走在清凉的青石板路上，曲径寻幽，慢慢地就远离了喧嚣。

在灯火的指引下，可以顺着蜿蜒的石路向上，走到坡高处的屋楼俯瞰夜景，也可以让石路将你带进某条僻静的巷子，然后你会惊喜地发现，那看似生意冷清的小店，食物竟意外的美味。

我曾经听过一句话，　　　　说丽江是艺术家的天堂。据说国内外许多艺术家都曾在此流连，甚至一住就是数月数年。来这里之前我感到奇怪，到了这里之后就觉得理所当然，没有什么比"钟灵毓秀"更能用来形容丽江的。

恰如文慧在《享受那一片柔软时光》中所言，这世间所有的相遇都是久别重逢。旅行，是一个美好的词汇，让一切相遇都有了浪漫的契机，当时机来临，我们只需放松身心，享受那一片柔软时光。

——读者梧桐写于阅读文慧所著《享受那一片柔软时光》

Merry 游行记

下个星期去旅行

锦年的 **《我们都是匹诺曹》** 一书中，陈南希不仅去我喜欢的法国留学了，还在告别青春之际，来了一次令人艳羡的欧洲之行，真是羡慕啊。

为此，**菜菜**我一边看攻略一边打鸡血"发粪涂墙"，正是人间最美四月天，不如先让我带内心**蠢蠢欲动**的各位来一趟**梦幻之旅**。

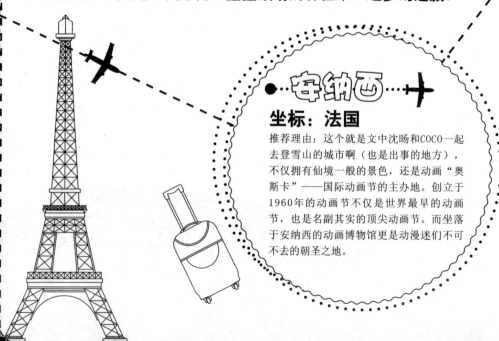

●··安纳西··✈

坐标：法国

推荐理由：这个就是文中沈旸和COCO一起去登雪山的城市啊（也是出事的地方），不仅拥有仙境一般的景色，还是动画"奥斯卡"——国际动画节的主办地。创立于1960年的动画节不仅是世界最早的动画节，也是名副其实的顶尖动画节。而坐落于安纳西的动画博物馆更是动漫迷们不可不去的朝圣之地。

马纳罗拉 ✈

坐标：意大利

推荐理由：这是一个处于悬崖上的小镇。海边的马纳罗拉(Manarola)火车站，站台上就能看到见美丽风景，一路火车翻山过隧道，每到一个车站都是一片豁然开朗的海。五渔村由五个依山傍海的村庄组成，陡峭的山崖、满山的葡萄园、彩色的房子和清澈的海水是这里最大的特色。

福莱巴兹罗斯小镇 ✈

坐标：希腊

推荐理由：小镇中心位于一个200米高的悬崖上，因此在这个恬静的小镇，你所能看到的只是波涛拍打着卵石海滩，山羊在山坡上互相追逐，一架古老的木制风车在海风的吹拂下兀自旋转着。这里没有两层楼以上的建筑，没有躲在港湾码头的游艇，更没有精品店或花哨的餐馆。

格塔里亚 ✈

坐标：西班牙

推荐理由：好吃的家伙们的天堂！这里是距圣塞巴斯蒂安24公里的一个巴斯克海港小镇，被称为西班牙的厨房，比斯开湾出产的小鱿鱼和大比目鱼数量惊人，烧烤类的海产品品种繁多。想想都流口水！在这里，你可以挤进牛排店大口嚼牛排，辅以一瓶里奥哈白葡萄酒，还有比格塔里亚更好的去处吗？

✈ 心动了吧？

前面那个垂涎三尺的同学，说的就是你！虽然你没有说走就走的旅行，可是你有说写就写的广告啊，还磨蹭什么？快去发愤图强，争取下个星期就踏出国门——去旅行！

她喜欢了他十年，却在第十年等到了他要娶别人为妻的消息。

他辜负了她最美的年华，她满心欢喜只等到断肠毒药。

于是她恨，她怨，她挣扎，却斩不断对他的爱。

她让自己成为全城人眼里的笑话，发誓要他也一点点尝遍她所受的苦。

三年后，她带着一身腥风血雨归来，爱恨尽头，

他还能见到那年春花烂漫里，三两桃花枝下，一身绿裳的她吗？

"古言天后" + "悲情女王" 唐家小主携新作《十年红妆》华丽来袭，请各位美人、贵人、才人自备纸巾擦鼻涕眼泪哦！

 号外号外，好消息，特大好消息！

你，也曾经有过那种心情吗？

深深地爱着某个人，以为她（他）会一直在你身边，
可是某一天突然发现，她（他）不再属于你。
那种刻骨铭心的痛楚，无法用世间任何言语描述。
如果你也曾有过默默爱恋一个人长达三年以上而没有结果，
欢迎写下你的内心独白，邮寄给唐家小主，
作者的签名新书，说不定就会从天而降，砸到

你头上啦！

"异兽美食"系列之
绝世小鲜肉EXO版

一本《山海经》，封印了四只强大的上古异兽——
只有注定的女生，才能让它们解封苏醒！

少年饕餮，火爆毕方，腹黑九尾狐，优雅谛听……

甜心文学掌门人巧乐吱创造史上最强
"吃货＋厨师＋美食评论家＋专属点心师"
—— • 妖怪美食团！ • ——

本年度最强浪漫魔幻校园大作，异兽美食华丽来袭，从《山海经》里出来的他们究竟有什么超能力？

超级好吃的饕餮、表现完美的圣兽谛听、挑剔刻薄的九尾狐和脾气火爆的毕方，他们究竟是什么样的生物？

让我们看看他们跟同样拥有"超能力"的EXO成员有哪些相同吧！

PART·1·
饕餮——白雪

白雪属于饕餮，是传说中龙生下的第五子，地位高贵。在我们人类社会里，他是黑发白肤的美少年，看上去很呆也很可爱，其实很聪明。非常爱吃的大胃王，基本上一直在吃东西，但是对吃的东西要求很高，觉得特定人物的情绪才是最高美味。所以，白雪是以情绪为最好食物的美食妖怪。

对比成员： 金珉锡 [XIUMIN]

XIUMIN的外号是"包子"，因为脸上肉嘟嘟的像包子一样。跟我们的饕餮白雪一样，XIUMIN很具有欺骗性哦，别看他外表这么单纯可爱，实际上是所有成员中年纪最大的。XIUMIN跟白雪一样也有好胃口，这个被粉丝戏称为"吃货妖精"的少年，对"韩牛"的热爱非比寻常，这也跟我们的白雪一样，对高品质的食物最感兴趣！温柔的"包子"还会做咖啡，梦想是开属于自己的咖啡店。这么好喝的咖啡，白雪也会去尝尝的。饕餮白雪跟我们的"包子"有很多相似的地方，喜欢"包子"的话也不能错过饕餮白雪哦！

PART 2:

九尾狐——九黎

传说中的九尾狐是青丘山上的霸主，身后长了九条尾巴。在人类社会里的九尾狐九黎，实际上是个喜欢甜食的冷面人。特点是说话刻薄，属于有仇我当场就报的那种类型。刻薄的九黎却拥有最顶尖味觉和惊人准确的评判力，经常接受世界各地的高级大厨和高级餐厅的邀请去品尝美食，是以点评食物为生的人。

对比成员：金钟大〔CHEN〕

CHEN在出道前是以唱歌比赛第一名的成绩进入公司当练习生的，出道后还单独演唱过大热电视剧《没关系，是爱情啊》的插曲，他的唱功一直受到广泛的赞扬，这也跟九黎的美食评判能力一样，得到了大众的肯定。

但CHEN也是公认的"补刀王"，属于说话刻薄的类型。这也跟九黎一样，拥有出众的能力，可惜非常说话刻薄，有时候是对队友，有时候是对粉丝，这也成为他独特的魅力。

九黎跟CHEN一样，也拥有神奇的能力加说话刻薄的魅力，你接受得了吗？

PART·3·

毕方——毕芳

传说是像鸟的老父神，常常衔着火到人类家里制造火灾。因为只要有他出现的地方就有火灾的传言，被称为凶兽，历来被人讨厌。在人类社会里，毕方其实是非常具有男子气概的帅气男生，看似性格爆烈、喜欢皱眉，实际上很温柔，是一个喜欢做菜的厨师。

对比成员——金钟仁〔KAI〕

KAI是组合中的舞蹈"担当"，爱跳舞的他曾经没日没夜地泡在练习室里跳舞，让其他人都大呼受不了。正是他这种对舞蹈的"如火热情"，让他的舞蹈能力倍受肯定。这也跟毕芳一样——把自己"火"的属性注入到做菜的热情里，成为了一名优秀的厨师。有这么专注热情的人当朋友，你hold得住吗？

PART·4：
谛听——狄亭

传说中的谛听是地藏菩萨经案下伏着的通灵神兽，具有保护主人、驱邪避恶、明辨是非之神威，总之就是地位很高、能力很强的神兽。我们的谛听在人类社会里是非常温柔的点心师，是一位拥有银色长发的美少年。而且谛听因为本身能力很强，在佛前见识也很多，基本上可以说，就是常人只能膜拜的"学神"类型。在谛听面前别乱说话哦，因为他能听见你心里的声音。

对比成员：金俊绵 [SUHO]

身为EXO的队长，管理一个这么多人的队伍，SUHO的能力已经被承认了。不但如此，SUHO学生时代的成绩很好，当过班长和学生会副主席，属于"别人家小孩"的范畴。在全队投票中，公认队长的性格是模范的、有礼貌、细心周到、温柔。这些都跟我们的圣兽谛听一样，属于完美系。如果有个这样的男朋友，你会有压力吗？

敬请锁定巧乐吱2015年重磅大作——
"异兽美食"系列！

第一部《上古萌神在我家》，看无敌大胃王、妖怪美少年白雪如何"吃"心不改、一"吃"定情！

"异兽美食"系列之《上古萌神在我家》内容抢鲜看：

"吾乃白雪君是也！"

泰央在整理收藏家爷爷的遗物时，从一张奇怪的古书帛页里蹦出了一个名为白雪的上古妖怪。

这个妖怪是个皮肤非常白皙的美少年，但同时也是一个食量可怕的"吃货"！

他能吃掉任何东西，无论是食物还是……人的喜、怒、哀、乐。

而可悲的是，对于这个妖怪来说，泰央的喜、怒、哀、乐是一种比高级点心还高级的无上美味！

所以——

"你要多笑哦，你现在的心情就好像白奶油一样甜呢！"

"哭吧！你的眼泪就像最高级的松露，味道真是太棒啦！"

更可怕的是，这个家伙好像还有一些奇怪的同党：温柔得让人想哭的花美男点心师，脾气火爆的酷男主厨，还有一个刻薄冷酷的美食评论家……

这些奇怪的家伙让泰央循规蹈矩的人生陷入了彻底的混乱！

是死心塌地沦为妖怪少年白雪的"情绪点心"提供者，还是找个高人来驱妖？

神啊，请告诉她到底该怎么办吧！

致无尽岁月

T o   E n d l e s s   T i m e s

安晴 著
AnQing Zhu

哈哈哈！
人见人爱、花见花开的大喇叭又来了！
今天我们玩点刺激的，好吗？

"趣味大测验"，正在进行时！

■ 首先，请跟着大喇叭我闭上眼，深呼吸，自行在脑海里想象一下北极熊、狼、白马、猫、刺猬和孔雀这六种动物的样子，再睁开眼，看看下面的题目，测测看你在别人眼中究竟是哪种个性。

■ 和朋友一起玩"真心话大冒险"时，你不幸被点名，此时给你以下六种选择，你愿意接受哪一种惩罚？

❶ 真心话，坦白自己曾经暗恋过谁

❷ 真心话，自己总共谈过几次恋爱

❸ 真心话，自己最讨厌的人是谁

❹ 大冒险，做完所有类型的测试题

❺ 大冒险，亲吻身边离得最近的异性，并拍照上传到网络

❻ 大冒险，做一个高难度的劈叉动作

1 测试结果：马（参考人物《致无尽岁月》白墨缘）

在异性眼中你就如同一匹温顺的白马。面对爱情时显得很保守，很怕一不小心就伤害到别人，总是处处为别人着想，却忘记为自己考虑。事事考虑周全，但也容易让人留下爱情胆小鬼的印象。

2 测试结果：狼（参考人物《致无尽岁月》慕谦）

在异性眼中你就像一匹狼，很勇猛且不服输，为达目的，不惜一切手段，同时也给人很强硬的感觉。从表面上看，这样的女人缺少了一点女人味，这样的男人则充满了大男子主义。

3 测试结果：刺猬（参考人物《致无尽岁月》白迎雪）

在异性的眼中你就像一只刺猬，总是喜欢竖起全身的刺，动不动就伤害别人。事实上那都是因为你太没有安全感了，很怕自己受到伤害，所以就对人充满戒备。但一旦真正爱上某个人，就会至死不悔。

4 测试结果：猫（参考人物《致无尽岁月》阎怡）

在异性眼中你就如同一只猫。可爱的外表就已经很讨人喜欢，再加上举止优雅、反应灵敏、善解人意，更是让你成为受异性欢迎的对象。你平时显得斯文安静，但跟你相处久之后就会发现，你其实有着非常活跃的一面，对爱情充满热情。

5 测试结果：北极熊（参考人物《致无尽岁月》萧彬）

在异性眼中你就如同一头北极熊，外表冰冷，对周围的人和事通常保持一副不闻不问的态度，有些孤僻。然而一旦遇到心仪对象，就会勇敢地向对方表白，排除万难，用行动向对方证明自己的真心。

6 测试结果：孔雀（参考人物《致无尽岁月》沈珞瑶）

在异性眼中，你就像一只美丽骄傲的孔雀，很容易招来同性的嫉妒。通常拥有很出众的外貌，对待爱情非常谨慎，甚至可以说有洁癖，不会轻易喜欢别人。但其实你很仗义，有一颗包容的心，会为朋友两肋插刀。

> **大喇叭：**小测怡情，可别较真哦！现在赶紧过来瞅瞅大喇叭我千辛万苦从作者大人那里挖掘到的精彩剧情吧！（哦呵呵呵，我是不是很体贴？）

"我要你一辈子都欠着我，这样在以后无尽的岁月里，你会一直记着我，永远也忘不了我！"

——萧彬

"我抢了你的男人，用命赔给你，好不好？"

——沈珞瑶

这世上总有一个人，注定会是你此生所爱。
这世上总有一个人，注定会是为你受折磨而生。
这世上也总有一个人，当他离开后，能让你在此生无尽的岁月里，念念不忘。

霸道的萧彬，就像一头来自冰天雪地里的北极熊，外表冷酷，但一旦动心，就会执着到底；
而默默地守护着阎怡的白墨缘，更像是一匹温顺忠诚的白马，一直到死，都隐瞒自己深爱她的秘密。
如果说阎怡像一只可人的猫咪，轻而易举就得到所有人的万千宠爱，那么白迎雪就像一只刺猬，狠狠地刺伤了所有身边的人。
沈珞瑶则更像一只高傲的孔雀，连死亡都那么决绝和勇敢……

作者大人有话说： 写这个稿子可把我害惨了，搞得我一边写一边哭来着（羞涩）。因为这里面有很多关于青春的回忆，有些主角身上可以找到身边一些朋友的影子，所以特别真实，也特别揪心。希望大家会喜欢这个有点悲情的故事。

小编： 是啊，这个稿子前后修改了三次，安安总是觉得还可以让它变得更好，于是又回炉，看得出来，她非常看重这个故事。我收到最后一章的时候刚好是12月31号晚上，马上就要迎元旦了，但一直待在电脑边上耐心等着看大结局，结果看完才发现已经凌晨1点多了，自己却哭得稀里哗啦的，满脸都是泪。说起来，身为一个"阅稿无数"的编辑，可不是每个故事都能让我泪花满地流的哦，所以我才敢打包票推荐呢。

天子不弱

小剧场之小学生的逆袭

"陈轩!"

"到!"

一群修行者,正在丹轩小学的教室里排队等候,一个接着一个进行传说当中的期中考试。

此刻,校长史中山叫到了陈轩。

"到陈轩了,到陈轩了。"此刻,听到校长史中山叫出陈轩的名字,人们立即沸腾了。

　　"听说陈轩是从幼儿园直接跳级升上来的，刚刚修习不到半年，现在都已经有二年级的实力了，十以内的加减，根本难不住他！还听说百以内的加减，他也已经开始涉足，这次期中考试，肯定是难不倒他。"

　　"是啊是啊，校长也经常夸奖陈轩呢！虽然他才修习半年，但是现在已经有了小学二年级的实力，就算是对上小学三年级的学生，也可以斗一斗，在校长眼中，陈轩可是实打实的天才啊！"

　　"你们知道吗，据校长说，这次陈轩准备挑战十以内的加减法呢，若他真能从中突破，那么日后前途定当无限啊……"

　　旁边众小学生们议论纷纷，唯独带着红领巾的陈轩沉默不语，此时，他看着面前的试卷，啃了两下铅笔头，随即开始道出答案。

　　"一加一等于二。"

　　"一加二等于三。"

　　……

　　"五加五等于十。"

　　"五加六，等于……"

　　围观群众纷纷叹息，十以上的加法，是小学一年级初阶突破到中阶的关键，自古以来，不知道有多少惊才绝艳的人，都倒在了这道天堑之前，无法升入中阶。

　　陈轩刚刚加入丹轩小学，连外门弟子都不是，只是个杂役弟子，要想突破天堑，只能是白日做梦！

　　然而，就在此关键时刻，陈轩识海中光华大作，混沌异宝"计算器"终于醒来，一道玄之又玄的意念打入陈轩识海！

　　"十位天堑，给我破！"

　　终于，在这关键时刻，陈轩的境界突破了！

　　"五加六等于十一！"

　　只见天地间无数灵气涌入陈轩体内，正是传说中的境界突破天兆！

　　围观群众震惊了，要知道加法修炼到十以上，要突破境界，外物已无可助益，只能靠自身悟性突破！纵有数手指秘法，也只能在十以下境界使用！传说中大派真传学子另有一门数脚趾秘术，可以突破到二十以下加法，但那种天级秘传，丹轩小学却是不可能有的！

　　可不想，陈轩竟然有如此机缘，居然得到"计算器"这一无敌至宝，如此一来，日后就算是突破一百以内的加减法也完全不是难事！

"哼！陈轩，别以为你能突破十位加减法天堑就能得意，有本事就与我较量较量！"

就在众人唏嘘不已之时，一名身穿蓝色校服的男子从人群中走了出来，他看着陈轩脖子上的红领巾，露出一脸蔑视。

看到来人，其他小学生无不面面相觑，因为来人正是毕家的少主毕少玉！

要知道，毕少玉可是传说中"高中生"啊，是比小学生高出了两个等级的存在！从小学修到大学，要过三次大天劫，小天劫不计其数。能修到这个阶层的人都是有大气运的，号称"天之骄子"，以一人之力，足可称霸整个小学！

对于众小学生们的表现，毕少玉感到很满意，他擦了擦别在衣领上的团徽，笑道："陈轩，你的十以内加减法速算如何能跟我斗？看我用九九大乘法将你击败！"

陈轩不以为意："少来，你只不过掌握了黄级功法九九大乘法，我可是学成了玄级功法四则运算啊！"

众弟子再度惊诧不已，甚至连校长史中山也向他投来了好奇的目光。

想不到，陈轩不但突破了十以内的加减法，还修成了失传多年的逆乘法——除法！若是他能将加减乘除四则合一，那么即便是面对高中生，也完全可以斗上一斗啊！

听着陈轩这么一说，毕少玉原本蔑视的神情渐渐变得凝重起来，一丝冷汗从他的鬓角滑落，吧嗒掉在了衣服上。

"三九二十七！"毕少玉严肃地看着陈轩，一场乘法最高境界的比拼，也由此展开了！

对于毕少玉的发难，陈轩脸上无波无澜，他以最快的速度将自己的手指头数了四遍，最后淡淡回答："四九三十六。"

看到这一幕，周围所有的小学生们不禁惊讶得张大了嘴巴，他们怎么也没想到，在如此高境界的数学比赛中，陈轩竟然能在如此短的时间里就得出答案，而且速度甚至比高中生毕少玉还要快上三分！

"五九四十五！"毕少玉的脸色不禁有些苍白，他咬了咬牙，提起真气，再次发动了反击。

然而，陈轩的声音依旧不冷不热："六九五十四。"

　　毕少玉怎么也没想到，面对自己的发难，陈轩竟然如此轻易就全接了下来，要知道，此时已经是自己的极限了，若是再强行算下去，他恐怕会气血攻心、暴走课堂！

　　"七，七九六十……"一丝鲜血从毕少玉的口中流了出来，显然，七乘九的乘法已经超出了他的极限。

　　"七九六十三，八九七十二……"

　　趁他病要他命，就在毕少玉指头数不过来之际，陈轩再次爆出两大更高级的数学乘法。

　　最后，陈轩深深地吸了一口气，用尽毕生功力，大吼而出："九九八十一！"

　　九九八十一！想不到，陈轩竟然领悟了九九大乘法的最终形态！

　　扑通！

　　在陈轩如此强势的攻击下，毕少玉顿时失去了所有防御，直接吓倒在地。

　　而陈轩也被一群欢乐的小学生们围在了一起，他们拍着手，跳着舞，唱着歌，欢庆着陈轩的胜利。

　　"陈轩，以你的成绩，现在完全可以跨级进入初中了！"这时候，丹轩小学校长史中山走过来，对陈轩说道。

　　陈轩摇了摇头："不，初中完全不是我的目标，我想要上大学！因为在大学中，有着一本传说中的《吞天决》！"

　　"《吞天决》？难道就是那本日销售达到千万的大神级巨作？"史中山不禁惊疑。

　　陈轩点了点头："是的，《吞天决》是当今世上万年不遇的奇书之一，几何函数、勾股定理、万有引力，各种玄法奥妙皆囊括其中，我若是能有缘得见，日后称霸全国根本不是难事！"

　　听得陈轩如是说，史中山不禁被逗笑了："陈轩你有所不知，《吞天决》早就已经对外发售了。它共分十卷，每当销量积累到一定程度就会有神秘人推出新的一册。现在第七册限量精装版马上要上市了，书籍做工精美，价格还不贵，你还是赶紧买上一本限量版《吞天决》，先学为快吧！"

　　陈轩闻言，眼前立即一亮，随即从裤兜里翻出小电脑，登上了支付宝……

　　三天后，《吞天决》如期送达陈轩手中，陈轩如获至宝，终日苦读，最后终于成为了一代宗师……

互动有奖调查表

姓名：　　　　**年龄：**　　　　　　**性别：**　　　　　　**电话：**

地址：

　　欢迎来到魅丽优品的新书新貌新世界！全新的改版，浪漫、诙谐、有趣，种种不同的新书预告和介绍，以多彩多姿的面貌呈现在你的面前。在未来的一年里，我们将持续且创新地在每本书后推出各种精彩新书专栏和展示不同内容，如果你喜欢我们精心创作的这份随书附赠的小小礼物，就请回复我们来支持我们吧。

♥ 你的最爱

1. 本期新书预告专栏中，你最爱的栏目是？（多选题，请在最喜欢的几个栏目后打√）

　　新秀街　　　　　疯狂游乐场　　　　　老友记

2. 本期新书预告专栏中，你最爱的新书是？（请根据你喜欢的栏目内容标明你喜欢的3本新书）

————————————————————————————————

————————————————————————————————

————————————————————————————————

3. 本期新书预告专栏中，你最喜欢的作者按顺序是？（请列举三位）

————————————、————————————、————————————

4. 本期的图和文字，你更喜欢哪一种？（二选一，在选项后打√）

　　图画排版　　　　　文字内容

♥ 线下投票：

　　填好以上表格，将它寄回魅丽优品的大本营：

　　湖南省长沙市开福区黄兴北路89号上城金都南栋21楼　魅丽优品 市场部 收

你100%有机会得到我们送出的礼品一份。

♥ 线上投票：

　　如果不想寄信，你可以登录我们的微博和微信进行投票，也有机会得到我们送出的新书一本哦。快来扫一扫，进行线上投票吧！

魅丽优品微博二维码　　　魅丽优品微信二维码　　　瞳文社微博二维码　　　瞳文社微信二维码